冬日的恩典

诗间道

冬日的恩典

夏汉 著

黄河出版传媒集团
阳光出版社

图书在版编目（CIP）数据

冬日的恩典 / 夏汉著. -- 银川 : 阳光出版社,
2013.12
（诗间道丛书）
ISBN 978-7-5525-1183-3

Ⅰ. ①冬… Ⅱ. ①夏… Ⅲ. ①诗集 – 中国 – 当代
Ⅳ. ①I227

中国版本图书馆CIP数据核字(2013)第318867号

冬日的恩典　　夏汉 著

责任编辑　李媛媛　赵维娟
封面设计　蒋　浩
责任印制　郭迅生

黄河出版传媒集团
阳光出版社　出版发行

地　　址　宁夏银川市北京东路139号出版大厦（750001）
网　　址　http://www.yrpubm.com
网上书店　http://www.hh-book.com
电子信箱　yangguang@yrpubm.com
邮购电话　0951-5044614
经　　销　全国新华书店
印刷装订　宁夏报业传媒印刷有限公司
印刷委托书号　(宁)0014786

开　　本　880mm×1230mm　1/32
印　　张　4.625
字　　数　130千字
版　　次　2014年1月第1版
印　　次　2014年1月第1次印刷
书　　号　ISBN 978-7-5525-1183-3/I·410
定　　价　100.00元（全四册）

序

耿占春

看到夏汉的诗实属一种意外，在三四年前，那时他已从乡镇长职务上转任夏邑老干部局，他的这些诗实在叫人纳闷、惊讶，夏汉的履历完全与诗无关，但夏汉的出色之处在于他能够将过于琐碎、也过于官僚化的生活转化为他的那些涉及地方官场事务性的诗，这里的秘密在于，一切事务都能够穿过他内心的审视，一切经验都能够在他那里发生一种修辞学的或感知方式的转换。《从殡仪馆归来书》如此写道：

你又一次从殡仪馆走回来——
在雾里，你辨不清该奔往哪条路。

该留下的，已经留下
现在已经化成灰。比羽毛还轻吗？
说不了，但比姓名轻了；
比人言更轻了——他可飞向
天空任意的地方，会是天堂吗？

出生总是不一定。死：定了——
就在前一天，傍晚。

你的履历复杂吗？就像刚才
那活着的局长为死去局长做的

悼词。你要主持
就把一个人念三次名字，
顺序是：病重期间，吊唁期间；
还有：参加今天追悼会的……

夏汉的诗歌所处理的是一个政治伦理彻底破产的官场经验，一种道德感知已经被严重污染的环境，小城，会议，窥视，官话，私语，喧嚣，妓女，乞丐，官吏，噩梦，“世界的糜烂”，当然还有虚幻的欲望，漫游，饮酒，交游等。夏汉诗歌处理的就是这样一种非诗意的负面经验，一种纯属个人经验值的不良资产。他如此描绘着——

……公安局长的决绝。你果敢
从容地作着夹杂错别字的报告，
唾液飞溅；恶臭；谎言
是罪恶的又一个分支。（《罪恶》）

这样的一类诗如《会议之夏》《游戏规则》《无题》（罪恶之花）等，它们有着强烈的讽刺性意味，触及并触痛着人们的社会敏感性。一些古代官吏的诗歌传统，要么是厌弃官场而采菊东篱，要么纵情山巅水涯，似乎诗人并不想描述那个非诗意的世界。现代社会大部分官吏们的诗歌如果不是生逢盛世歌功颂德之类，就是陶、谢的田园与山水诗歌传统的一种特别堕落的表现。而夏汉的诗则没有那么怯懦，他或许提供了一种没有丝毫浪漫意味的、没有作伪的“官僚的诗学”（王东东的说法）。或许，“官僚的诗学”并不确切，确实存在着的是一种身份的分裂，正像现实生活中权力与道德的分离所产生的社会后果一样。夏汉在

《秋日》中如此独白：

> 我看见痛苦已经开始疲惫——
> 它们已经不及一片降压药，不及黎明前睁开的
> 一双失眠的眼睛。

这几行诗几乎就是一个良知尚存的基层官吏的内心写真，“痛苦已经开始疲惫”，降压药和一双“失眠的眼睛”。然而作为一个诗人，无论置身何处，他总在通过描绘世界的可见性而参与到生活世界的意义建构之中去。在古典诗歌中，这是诗人对自然事物的凝思、静观。然而在现代诗歌中，对自然事物的凝思已是如此奢侈，仅仅属于度假村中的模仿性的感受。目前的事物已经不再属于自然，它们有了新的非自然属性。夏汉的诗歌很少单纯地写到自然事物，因为事物早已脱离了它的可再现性的结构。在一首秋日出游的诗里，他如此写到庄稼：“玉米是农民的黄金。”这个视觉经验或视觉隐喻揭示出今天我们的社会——实体经济、艰辛的劳作——只能带来贫穷的生活这一事态。诗歌体现了敏锐的现实感，这种经验与直觉是在其他领域生活的人很难感知到的。夏汉在写玉米的时候已经不是许多诗人跟着海子写麦子那种状况，不再是自然，不再是乡村田园景观，它就是我们的生活，是政治经济学。夏汉的诗歌表明，这个时代的“自然”和“乡村”可以写出其他的东西，不是陶渊明也不是王维，是权贵资本及其虚拟经济支配下的破产的乡村经济。这首诗虽然诗艺自身并非完善，但其感受力却很尖锐独特。

在现代诗歌中，随着自然事物的退席，诗人能够进行凝思与直观的是他身边的社会生活。遗憾的是，这种凝思与直观再也不会像自然事物那样满足人的审美感受，充满利益纷争与政治伦理

困境的社会生活时刻刺伤着观察者，“世界的可见性”或社会生活的表象变成了一种道德上的折磨而非纯粹感性的愉悦。夏汉的更多诗篇似乎是一种《城市写真图》——

……骚动依然存在，尖叫依然乖戾，
让耳朵倾听眼睛的真实。
而你，过早地患上了小儿麻痹症。
发生的，与未曾发生的
拥挤在一起吵嚷着看黑白电视。

超市顺利通过宽屏的变形——
直接抵达城市的真理；
这里，楼宇快于树木的生长，
给刺破的天空添加抑郁症，
……

夏汉描绘的是一个常见的、失去了地方特性的小城市，而对于他生活工作的古老的小城夏邑来说，夏汉的诗又具有着相当真切的地志意味。或许它增加了夏汉所关注的诗歌现实感这一问题的分量。如同夏汉经常交流诗艺的诗友罗羽所说，现实感如果没有语言是无效的。在生活中人们会有一种现实感，而在诗歌中这种现实感是和语言的表现力分不开的。如果没有找到转喻的或隐喻的叙述，现实感就难以在诗歌里呈现出来。只有在一种特殊的修辞方式中一个诗人才能处理他的不良经验。在这方面，夏汉在诗歌中说，“我或许比你想象的还自由；我亲近于宗教和哲学。”（《相遇》）

这是一种夏汉式的《自赎》方式——

现在，我携带着半生的罪恶
去作终身的忏悔。像火焰，亲吻了土地；
那心中必有蓝色的忧伤。

我的念头是一条蛇。它们时常穿越肉体，游离于世界——
它们让遇见的善良人惊嚎；
让我的梦有骷髅的晃动。
我的幸福绽放一朵淫邪的罂粟花。

这样的诗歌就像是诗人的内心独白。诗人不能改变看到的一切、已经历的一切，但一种“官僚的诗学”准许一个诗人在内心中为这个时代配音，这是一种有力的旁白，一种自我审判式的旁白。这个为时代配音的旁白有可能伴着焦虑、甚至诅咒，然而也伴随着救赎的冲动。这是诗歌与社会之间的一场古老争吵的延续。对夏汉来说，所谓现实感即他的社会环境和他的官吏生涯所施加于自身的负面经验。这是一种充满罪感和自赎意识的经验。夏汉使用着“宗教”的和哲学的话语去处理这一经验，并渴望获得内心的自由。

诗人坦诚，“在俗世，我做着粗俗之事——”

在这里，谁寻求光明谁就背叛了我。
哦，他们背叛我
我也背叛他人——这世界，正在这世道里
惩罚着自己。我充当着一个帮凶。

而这一切并非“官僚的诗学”的全部，前面的叙事表达了官僚生活的逻辑，诗的最后才出现了真正的具有宗教与哲学意味的

"自赎"，而其实，这或许仅仅是一种美学上的救赎——

现在，请准许我寻求信仰，如同一棵树
在风中寻求生长的空气。
……

如果说还有一个未知的、作为更多的可能性出现的诗人夏汉，他就植根和生长在这些地方。所谓诗歌的现实感并不仅仅是现实的事情，而是诗人的感受力对现实及其可能性开放到何种程度。《降落》一诗似乎预示了夏汉诗歌的写作将置身于更复杂的经验——

那个深夜，我跌入困境——
梦中，纷乱的云穿行于树林里。

而此刻，语言在词语中生长犹如夏日的玉米拔节。

我的额前涌来更多的黑暗。
另一个我，像农人在田野边际眺望
最初永恒的澄明。

这一刻，诗到来——
伴随风：我的耳畔一场滂沱大雨正在降落。

在这个异常美妙的"梦"里，可以看到年轻时代研读农学的夏汉，继而长期在乡镇工作作为基层官吏的夏汉，与一个自从农业学校起就喜欢阅读诗歌与文学的夏汉在语言之梦或诗歌之梦中重新获得了身份的统一。这种诗歌之梦的统一似乎缓解了作为官吏的诗人身份分裂感与生活的焦虑感。梦中的农业景观和农业话语弥合了官吏与诗人之间的距离。最后我想说的是夏汉诗歌里引起我兴趣的，正是像《降落》以及《更多的唯一》、《错过》等诗作里面的那种沉思性的质素，在批判性的罪责之上，对生活世界多少怀有一点史蒂文斯式的玄想。植根于生活直观之上的这一玄想或抽象能力给了夏汉诗歌更开阔的视野。

夏汉把他的“退位”视为“冬日的恩典”——

我不畏惧这一切的孤独。掌声
已经成为过去；我甘于做那些枝条的朋友。
现在我乐于疏朗的世界。

我们有理由期待着自获得“冬日的恩典”之后，作为诗人的夏汉能够逐步接近他的诗歌之梦。

这一刻，诗到来——
伴随风：我的耳畔一场滂沱大雨正在降落。

2012.8

目录

梨园幻象

一棵梨树沉睡已久。在三月，
枝条忽然蛇一般探出一个个小脑袋。
身体还僵硬着——
它们似乎欠着冬天的债务。

绽放在四月。它苏醒：向路人
翻着白眼睛；吐出一条条信子
让你觉得有怨却并不恶毒。

绿叶长满全身，它们真的成了
一条条响尾蛇。深夜，你走近它们
芬芳就走近你，
让你想起童话里的美女蛇……

春天真的到来，少女们
来到树下。小舌头轻舔
授粉村姑的手指……

其实，衰败已经开始——
花瓣落下，地上一定有它们的泪滴。

2006.3

为一条清道夫预备的悼词

看见你的时候，就会有一些谴责，从你的
水下冒出我的水面。

初来你是有同伴的。一同进入这片
工作区，大家一起干活。

不幸来自那个庞然大物——
它让你的同伴在那个夜晚神秘地消失……

从此，你的任务格外地繁重，
这跟你瘦小的身子很不相称。

那些花衣天使们野蛮地游荡在这里。
你总是沉默着。

你总是一刻不停。偶尔摆尾
却不摇头，像疲惫的鳏夫甩下腿脚。

我知道冬天会为你送葬：僵硬的
小躯留守在这里，两条小红鱼会来吊唁。

2006.10

京津塘高速写意

给你铺就一条宽敞的履带，意思是鼓励
你前行；你的车疯了，这给你的前程涂一层
深秋的滑稽。

你未曾觉察，依然欣赏窗外的风景。
广告妹虚假的裸露，
足以让奔驰着的你深陷其间；她们的
本意是勾你到老板那里付小费。

老板不犯傻：他盯的是你的金卡。

路边，红叶正充当大地的彩页——为你
指向自然的疗养院。在那里正好医治
你颓废的心。
两行垂柳暗示了峰峦叠嶂，
像走进谁错卖了的家传
古画：而它们比山峰柔韧，比你有骨气。

2007.10

人 啊……

壁上，一堆红色数码。闪动——扮着鬼脸。

啼哭，任尔悠长也不过一次肇始。
街上，你的车扮成疯女人。企图驶向无限——
即便那里毫无风光。

扑克，牵着八只手岂能牵出
螃蟹的快活？……骰子卖弄万种风情。

看满街女人开裸露的展览馆，
欲在春日里开一园罂粟花：赖着不走。
怪病充当警察，奇痒不止；洁尔阴大行其道。

偶尔，回过神，你反串一把——
不经意间，你却被装进了别人的骨灰盒。

2007.12

错 过

我走过那座拱桥，身后的事物已经消失——
连同影子，风。我转过身
已看不到它们。此刻，
阳光背叛了我：它已转到西边。

河湾里，水从眼前汩汩流去。后面的
尚未到来，前面的早已遛走。

一片树叶掉在水面；叶脉红肿
像一只村姑冬日的小手。我注目着。
而树梢，这样的叶子也许更多。

一只麻雀贴着水面嬉戏又向上游飞去。
我很在意它。而此刻
一只雏燕正向下游飞翔——
我未曾察觉。现在，我立于早春的
桥头：冬季早已离去，夏日尚未到来。

2008.3

会议之夏

八月，八点钟。夏日逼出
汗腺的口供；却又忙于烘干——
与不法警官的掩饰雷同。

出入于夏日里，我们一个个
就是海狗在海滩避难；
而海狮，则藏匿于海的深处。
她抛出一长串话语。
那上面有很多鱼钩儿，
会钓出我们中的几个人。
鱼饵很香甜：或财，或官；
衔到嘴里方知。看啊——
他们正嬉笑着鱼贯而入……

手机：憋出闷雷；一闪，
短信的酸雨淋下。会议室里，
空调卖关子：冷得有些
夸张——正好迎合了
主席台上降下的一场冰雹。

2008.8

夏日梦中书

街道上，空气帮你催汗，送你去桑拿……

室内，空调争扮秋天；
只是它们不沉甸，不收成。
它们只显摆秋天的表象——
在深夜，在午后。机器轰鸣，犹如
雷鸣：在天外。

电扇一半偷懒，一半帮倒忙。

这一切似乎只与肉体有关。
它们显示的诗意，只在梦中；
或者在梦里有语言煽动：犹如一群
蝴蝶。而它们令我头痛；
也惊扰了轻睡的妻子……

清晨，双人床收购着失眠男人的孤独。

2008.8

赠　人

从你的眼神里，看出神采——
那久违的如豆的光芒，是来自
神的赐予？因为你刚从教堂
做礼拜归来。夏日的烈焰
你似乎并不在意，也许你把它
归功于神的鼓动，让你浑身
充满热，以至于在家里，洗澡
竟成为你洗礼的一个借口。
你还记得那段诵唱，虽然你
一句也没听懂。但是，你把它
当作神的声音，或神在召唤。
你终于忘了一生的不幸。
或那些不幸，经神搅和一下
就成了一缸蜂蜜：副作用是
你得了糖尿病。但那些久远的
甜蜜，令你不再顾及一切；
或许，神，真的强过你女儿
给你拿的那些苦涩的降糖药片。

2008.8

在豫东平原观林

冬日，谁站在豫东平原上
观看树林子，那他准会
为它们的诡异惊奇。

现在我就站在那里
看大片的林子，怀揣冷冻的
浪漫：虽是午后，依然
劫持着轻雾做迷幻梦——

噢，小心：别超过
24小时；否则，阳光会
板着警察局长的脸，告你
非法拘禁。小河旁，
杨树训练有素：即便在
拐弯处，也像周末
上街购物的士兵
排着不整齐的队伍。

池塘边，老槐举着粗硬的
胡须，似在衬托一张
战区元帅冰冷的嘴唇。

一棵梧桐，游离树林。
事实上它犯的不只是

自由主义，倒有无政府
之嫌：一旦宣布独立，那里
准是它终生的一块领地。

2009.1

无 题

你的行为学不欢迎编者按。你是你
自己的执行主编。你不留现场，
哪怕一张底片。很远了——
在时间那头，你像个传说。

你在知情人心里播放恐怖电影；
或批发梦魇。——那血腥，经过风
飘到这里，一如冲淡的盐水。
你警告记者：免开尊口。
你愚弄学者心智，让他们疯癫——
耗费一生，文字码一摞废纸
去装点图书大厦或热心肠的书架。

你签字售书，又在午后三点谋杀读者。
捂盖子，是你终身要做的事情。

你有谍报机关的强硬，深夜
你故意释放在押的不明飞行物。
你嗜好于通宵观赏星光。或者，
察看你背上的十字架是否该刷油漆。

2009.3

三月，雪中过宁陵

未见桃花，见了桃花雪。
车驶过宁陵万亩梨园——
你不要以为：枝杈
举着手就等于响应热烈。
它们不是路旁的黄杨
争开一树梨花。垂柳
不屑于飘飞的雪片，
眨着黄眼皮欲缠绕行人。
园里，机井房独目圆睁
心绪暗淡；麦苗的
绿裙轻摆银白的皱褶
慵懒地躺着。远处
村庄，房顶板着冷面孔
训过路人。杨树
裸露玉臂，直指夕阳；
夕阳怀着羞愧躲入云层。
喜鹊当上了观察员——
评判白色政变：闹着
为夕阳鸣不平，结果
遭到一群小学生的围攻。
池塘观其变，沉默不语。

2009.3

罪 恶

罪恶之花不亚于你的盛开。让你
在白昼去领略黑暗的风。凛冽——
因此，你有痛经般的
战栗。罪恶来抓你灵魂的小辫子，
你成为它的帮凶。人们看见
你的手：血淋淋……

你在罪恶中行走，却有
公安局长的决绝。你果敢
从容地作着夹杂错别字的报告，
唾液飞溅；恶臭；谎言
是罪恶的又一个分枝。

你欲出走。罪恶癌化了一片沼泽。
唯有沉没是你的宿命。
或者，你横躺在那里；僵尸
裹挟罪恶于雪夜。梦中：肉体
腐烂于土壤；春天开一枝红玫瑰。

2009.3

一 切

你已穿行过多的繁复，看透人世间。
现在你可以活的简单些。
早年的你曾经为一朵花的颜色
烦恼——你无法接纳它。

你以为这世界应该是白色。一切
都该是一。你欲走得更快捷——
不幸你摔了第一跤。
你结识了多。你看见一座花园。

你看见太阳每天都换，月亮也如此。
深夜，你读星斗的寓言。
你也曾在时间里榨油。学会了
喋喋不休。你很累。

你为一条皱纹举办研讨会。
回眸，你发现一切都是多余。
你承认，减法才是唯一的——
这时候，你说：有一句话也就足够。

2009.5

磐石，或曰友谊的话题

你梦见磐石。一如我梦见话语之轻。
诗的黎明。或追逐的恋人。
那梦，曾在三十年前。
你曾经在酒的迷醉里，看见

头颅之重。欢喜于两双手的紧握。
你演绎了契约的无影文本。
有时你脆弱于一句话——
撕裂的口子，需要十年缝补。

听你操持于深夜的更鼓，
我曾经在睡梦里惊醒，或退却。
而更多的催生了我的笑靥。
你终于铺就一条宽带，让我

和众多的人瞬间抵达。山崖
你为赎我的过错，付了
二十个金条。于是有了你的
教诲。抱紧磐石，是在一场风雨后。

2009.6

山中，或篝火之夜

迎合你的是山野，或山中野花——
你适合那里。这时，星斗成就了你的璀璨。
你的双目跳跃黎明，
尘灰不再逼近你芬芳的光润。
你来自天堂吗？“不——”你说：
“来自尘世，而且喜欢。”
你招惹一场雨——源于天使。

你的歌声比篝火旺。山中，有老者
走来：“噢，这是天籁。”
稀有被你占有——你该是幸福的。
你说“我是不幸的——
幸福的人不会唱歌。”

是的，见你的泪洒在初夏的野玫瑰上，
刺痛路过的人……

现在好了：你胸中溢满盈月的清露，
怀抱的旷然对应于一面山崖。
深夜，你舞动一条溪水，
在那里演你的轻盈。
……醉眼看见天使的表妹。
尘嚣羞于挽留：你该在山上，或花中。
2009.12

木札岭神游

四点钟，我惊恐于梦中的发芽；警醒于
“参与就是罪恶”。所以，聆听了
森子演奏的鼾声小调。
忽有一声鸡鸣，一声犬吠……

无意于交响：它们热衷于山中夜谈。
野蜜蜂刮来的风松林不买账——
集体决议保持沉默。
因而遭到山雀的众怒：它们强按着

松树的枝头向蜜蜂道歉。
态度并不诚恳；招来又一拨山雀的声讨。
我静观这一切……
一只小蜜蜂悄悄送来一封感谢信，

并恳求在这里稍停片刻。我同意。
它在我的胳膊上练攀岩。
道旁，一株粉色蓟球晃动——
哦，山中美少女醒了。

而脚印在衬衫上，顿觉人影稀疏。
一阵嘈杂。喔，喜鹊儿
在为千金榆新发的枝芽开研讨会。
我欲向小径深处，又恐惧于那里的诡秘。
2009.7

神 女

——给喀纳斯

你给我展示你的绿裙——在满山坡，
却不肯给我看你的脚踝。
其实我更偏爱你漂动着的衬里——
那里透出一个凝脂的你。

坡上的野花属于你。
她们跟我扮尊贵——注目了半晌
只还我一个陌生。
道旁，蒲公英故意演新视频，
它们冒充顶雪球的海豚
害我远离了你。

哦，回来看见波浪抱紧一块石头。
你说那是你裙摆上的一朵小花饰。

桥上，看见两个你——
一个雍容沉稳，像圣母；又一个
是活泼的仙姑。迷蒙处
你露出了一条人工的狐狸尾巴。
有少女踩过，窥探你的秘密。
我立于堤岸，看一朵紫牡丹的傍晚。

2009.7

白沙水库纪要

一条堤坝阻滞了河流就要风景。就像你说
粗大的胳膊揽住细腰，就是美人了。
（比如那几位拍婚纱照的少女）
不是：若干死鱼集会，抗议你的演说。

蛆虫体会你的苦衷，帮你分解它们——
唯一的条件是在岸上，且陪有流行音乐。

夕阳会为你塑造一尊蜡像，废船
同意做你的道具。此刻，恶臭正细心地
梳洗垂柳的发丝，正好送来一具
梦中的妖婆。但失眠了是你的失策。

红楼，白楼：欲变性为黑社会。
“有我在，能容忍他们吗？我宁愿
以命抵命，在广场凿一块纪念碑。”

毗邻的古城陷入噩梦：那里天天是工地——
小山村一座楼乍起，犹如诈尸；
山坡上烟囱矗立了恶魔还会远吗？
傍晚，我透过荒草看见了这个世界的糜烂。

2009.9

在长白山观峡谷森林

道旁的野花，欲连缀游乐的碎片，
也透露出景点的小秘密；
它们甚至夸耀："你若说
我是散落的星斗，就铺给你
一条银河，让你走近一个宇宙。"

哦，不是宇宙，是峡谷森林。
现在，拥有一棵树比拥有一个
女人省心——美人松旁，
我幻想她早年的风韵，挺立中
定有众多顾盼；问起新世纪。

她说"以后再不写传记"——
转身，桃树的枝柯教训我：
"注意，花心未必就有桃花运。"
渐深处，有腐臭袭来。死亡
不可避免。一棵树，又一棵树；

远处，有一片树——死亡。挺直
意味着直挺：你的死亡更可怕。
躯干上，眼睛留下一个洞，
你就玩骷髅的把戏，徒让
考古学家夜半惊起，猜你的冤屈。

老槭树桩还张扬青壮豪气，
但瞬间的灾难降临——
它顾不得惊愕，就已经如此。
惊愕的是树杈——它们已经枯朽，
却借着长腿蜘蛛编织未来的梦。

溪水赶来安慰，不痛不痒；
惹恼瀑布："不要卷着舌头说话，
一切皆有定数；没有落魄，
哪来怒吼？没有直立的集权，
哪有戛然夭折？不信，看这峡谷！"

2009.9

穿 行

一首诗，正轻睡于它自己的窝棚。
偶尔地一跃，惊动猎手——
一支箭矢飞来，经过它的耳畔，飞向远处。

惊醒另一个熟鼾的猎手，
欲抽出一支搭在弯弓的弦上；他又
入梦。箭矢放出无数——
演了群鹫叼啄灰兔的故伎。

意义的皮肤被乱箭穿透，只剩下音乐的空壳。
年轻的王子，举盾牌遮挡，
为其呐喊灵魂的归来……

身旁有壮士相助。箭矢，飞来
飞去；射中乌有——
诗，早已不见了去向。
留一片言语之影
去收容到来的一切，黎明前，悉数奉还。

2009.10

死　海

透过红鱼的潜望镜，看见一湾死海——
不见灯塔，不见船舶；
浑浊收购更多的阴谋，或罪恶。

腥臭酝酿的小台风尚未登陆，
没有波浪，没有海啸——这里依然安静。
几只金鱼，在演示漂浮物。
它们已无力呼救，
没遇见救生队员就不足为怪。

三个清道夫已沉入海底
绽放着黑色的珊瑚——
正等待渔人的不法偷运。

此刻，它们有时间去做梦，
可以梦见明年依然还会有
湛蓝的海洋，
还会有几个清道夫在游弋——
而不再是它们，也不是它们的后代。

2009.11

冬日偶得

冰冻，逼近晚秋的风。逼近了
八万只白蝴蝶的翩然飘飞……

蜷伏，带给你一副冷面孔：深夜看见黎明的凄美。

街头的老歌：皴了，
一如出走的村姑的脸庞。

尘埃不再张扬，世界变得安静。
灵魂悄然穿越回廊，又返回肉身。

2009.11

生　命

——给麒麟湖

我看见漫坡的生命奔跑；包括老树根。
你说：那是一件性具。
石桌旁，谈论“精子库”和一个洋人的乱伦；
一个石桌为我独自想象了一座孤岛，
为一首诗难产着急。

水是浩渺，——不是羊水，
所以养不活体制的怪胎：路，
以及庙宇都不会存活；还有走廊，石碑。

山野菜和鸡腿菇饲养了我们午后的
胃口；草鱼和柴鸡
带着噩梦走进越境的国度……
我们躺在水边茅草里，依稀听见
母亲胎音里有你和我，只是不再吵闹。

她们不敢过来，便不够兄妹——
还是有人在草尖上做了一回蝴蝶梦。

斑茅在池塘边演示一堆形容词，
只能充当乱象；柳林的尽头
藏着一首诗——亚刀说“没有景深”。
此刻，森子正独行于山水；
揣摩着“几种瓢虫，也爱陌生的人生”。

2009.11

官庄纪事

——给魔头贝贝

谁来过这里——黑夜纠缠着破碎的灯影。
而你曾经在这里拨弄着光阴。你的诗不再惊扰犬吠
却令所有的“存在”畸形。

婴儿的哭新嫩于黎明。旧房子讲述又一轮艳遇；
你的嚎叫老成，却让女人在幼稚园抱你。

幽深的街道，有更多的谋划。
几个女子撑了天——你好做个小栾平
混迹于杨子荣和座山雕的山谷……

你的楼顶该接近天堂。那里住着几个幸福的人。
把着早上的啤酒瓶说着傍晚：“你们都可以入正寝”！

2009.12

哦，禾木，哦，白哈巴

——写给图瓦村落

森林不再为自身的颓败羞愧——
他说过：“只允许三只秃鹫蹲伏。”它们若干年
琢食繁花的草坪，不停歇也不远去；
离去，则是一次背叛。

婴孩的眼波为陌生的人牵一匹死亡的
白驹：越来越近——
“喂，我会与你们同行吗？”陌生人
笑而不语：不经意抛下的阴谋
够他享用一生。他的
父亲：络腮胡子引领陌生人走近喀纳斯湖。

“呼麦”里的绝望，诉于上苍
知晓；“邹鲁节”有祈求森林赐福的灯影。
老娘呆坐木桩，洞悉躬身的骷髅；
她看见山火烧身，看见苍鹰盘旋……

老木屋僵卧于自己的历史之床——
清点家谱，惊悚于新生儿怪胎：
“喔，我终于绝后了……”
哦，禾木，哦，白哈巴——你点燃陌生人
眼眶的烈火，会引向他们的家园吗？

2010.3

墓 园

你从来就不活在你的阴影里。不。
你给阴影吐一缕曙光——正好照在你
石棺上。你的形象完美。尤其你的
眼睛明智于骷髅上的一对空洞。
你艳羡“他们”在太空把玩
银河里的八带鱼，捉了一群精灵
给你免费展示。美女蛇，扭动鲜嫩的
细腰，勾引你的电话，一同殉葬。

西装，革履，赏你一条领带。
“不，是红领巾！”此刻，他为
太空墓室的“休闲装”祷告——
“尊敬的部长先生，及其幕僚：
你们的恶，本隶属于原罪，可是……”

——下界，在恸哭。你却欣喜于你的
忏悔；张贴悔过书，就可以无罪
释放。你的念头点燃殡仪馆一号炉。
你手捧你的骨灰：“哦，里面
还有我的钢板，和金牙！”现在，
正值早春，你从石棺发芽。
“看，那是虬榆”；“不，是龙爪槐。”
此刻，你为墓园捐一片弯曲的风景。
2010.3

甬　道

亡者不关注死亡的黄昏降临谁的肩头。
你关注。你征询着死亡的真诚，
看她缥缈里寻觅一座蜃楼——
“嗯，好个去处，但愿属于我。”

“不，不是你的。你该在荒郊，
那里才有你的真实……”
你叹息：“我深深地喜爱着……”
——你在为自己修一条通往的甬道。

而灵魂逃逸：它奔波于新的疆域——
“那里，戈壁是沙漠的老祖母，
沙尘暴越过海峡去探望它的子孙。”
——无数水泥棺列队相迎……

此刻，这里的道旁正盛开着辛夷花。
杏花纷纷落地：它们埋怨
垂柳逃走的鹅黄。
红梅、绿梅悄然登场，无人理睬。

你居然无暇欣赏你的风月——
你琢磨：撬开这世界的螺丝刀
是在活人的抽屉里，还是在他们
墓里。过路人拒绝回答。

回答烙红了你的记忆：妻已出走；
你不该责怪富婆牵走你的一条藏獒。
“我不离开，未亡人身后
还有很多事，却无所事事……”

亡者说：春分之后，夏日就不远了，
那时你就拥有一片小树林。
是的，你别无选择——
你最好现在就去看好你的墓地。

“不，我的那套译著还未寄到；
一首诗已从我的额前溜走。”
一张悔过书还没张贴——
你不妨托病在家，像躲一场空难。

也许亡者会错点鸳鸯谱，
误抓午间饮酒的公务员去双规？
途中与疲劳驾车的车主碰面——
故事初肇，交警来了——你不在现场。

2010.3

冰 海

那年，古城陷落于“冰海”。在六月
犹如跌入冬至的噩梦。
一定有恐怖来自观海人睡过的一张床笫。
死寂里，一定有爆破的力。

“哦，那里——，有漂浮物！”
那一定不是海豹，死马——
那一定是人的青紫的尸体。一定。

冰海一定不死。它流动于
窄狭小巷，人的血管。
而畜生的血：此刻一定凝结，梗塞，
滞于黄金镶嵌的庙宇般的马厩。

冰海：一定会有狂澜。撑破堤岸
冲向太平洋——
那一定是血。整个地球，都会为之血腥。

2010.3

死亡之都

我不得不在黎明前聆听美腿踏出的
蹄音：她们是钉子。一只脚钉进我的乱梦，
另一只脚钉住艳照门。
她们多发的头顶——那颗向日葵
正在追逐死去的月亮。

清晨不再酒醉里呕吐。
路旁，那些尚无名分的黄花
目送着环卫青年远去；她们那份情感
是真挚的，这样她们就可以得到
更多谎言的安慰。

深夜，我看见众多的火把一起涌向城头。
那一定是起义的队伍——
“我们去焚毁这世界和我们自己。”
相信预言吧，是预言就会兑现。
——末日正奔赴我们的一分一秒。

2010.4

迟到者

——祭古槐

你总是这个春天最后的迟到者。冬日
你总是沉默太久；你酝酿一整个
冬天的腹稿，仅仅是为春天
准备一个郑重的发言。那些林子

惊奇于你的迟钝，你说："生命
需要沉稳；要看这季节还有
哪些新伎俩，你才会在坚定里活出
从容。你选择了出发就选择了

结局——命运在于自己把握。"
在整个冬天的梦魇里
你终于抬起压在胸口的手臂，
现在，我看见你绽放一串绿色的笑，

你终于发出了郁闷已久的呼喊。
整个冬天的死亡——
你孕育了生命。你说："我同情
那些早春开放的花朵，她们

有嫔妃争宠的悲哀；我愿我的花儿
迟些来，让她们领略深沉的洁白。"
是的，你依旧沧桑于皴裂的
面孔；顾虑和疑惑依旧隐于皱褶。

你说："三月里依然还会有雪，
风暴还会到来；枝叶何必
忙于招展？要让我的花朵免于
夭折，我就该做林中最后的清醒者。"

2010.4

午 后

——赠上海诗友

她在壁上。敞开的隐秘犹如喜悦
燃烧你隐晦的火焰，
让你燥热于夏日的午后。

你沉没于八号线地铁。
茱萸会心疼少女弯曲的目光吗——
她有抛物线的心事。

对面老者脸上的教条
酷似胡桑撞上的一道哲学题。
这一切，最终释怀于普遍的麻醉……

满街的脚拧紧你的发条；
你甘心遗弃于傍晚——
你选了一条穿过公园的小径。

喧嚣已非你的钟爱。
欲寻觅毗连的海湾，小片的树林，
你躲进开闭开小店纳凉。

2010.5

都市的疯狂

都市正抬高着自己。那里
已没有风景：在摩天大厦之巅对应着虚妄。
一条如蟒之江，在它的脚下挤压
竟似一条瘦削的蛇身扭曲于隆冬，蛰伏。

寺庙遗弃于角落。古柏已夭折。
舍利子寄身花边文学。
身旁，有女影星，猩红的脚趾甲。
——深夜，一同去艳照门吗？
教堂依旧辉煌，如今已沦为
那巨大楼盘简洁的注脚……

新移民驱驾光临，与楼宇一同拥有拥挤；
撇下老街坊怀念旧街道。
而那里，已是一片新城；且不愿与旧称呼联袂。
传说不再神气；有如巫婆老去——
给你一条生路：游走他乡。

不息的是欲望，追逐夜晚的车流
溢满歌厅、舞厅；酒店，和宾馆……
小姐的腥臊和嗲笑，殷勤地给矮经理塑型。
钞票扮相滑稽的店小二——
“好嘞，到了。”……浪笑，撑破夜。

2010.6

夜之郎

你竟然惊悚于这深夜吗——
你的内心残留的一丝光亮已被黑暗碾成一堆碎屑；
那柔软的部分，现在是一摊血污。

而无聊之漆频频泼向你，
让你无法开口；脚黏于这世界，
让你不得飞翔如天使。你哀嚎：“还我翅膀！”

语言是你雕就的一把桃木梳子。
你企图为夜梳理黎明的霞光，
而夜——吞噬了你，和桃木梳子。

偶尔，几颗星斗从指缝间偷看你。此刻
孤独和绝望是一对孪生兄弟……

那天傍晚他们绑架了你：让你居于
一座花园，让你有白日梦。“不，我跌入了魔窟！”
你或许不及一匹黑马——
在这黑暗中，你只是你自己的骑手。

2010.7

七月下旬，中午。游梁园黄河故道得短句

风敲打耳廓的孤独，
勒令蝉鸣退往远处。林间的湿，与荫凉
合谋袭击夏日有福的人。

阳光兀自围攻田里的阔叶犹如怨妇发泄的私愤；
一朵荷花粉红的召唤，被撑船
老艄公的呼喊撕破——
顿时，波浪涌起的拳头
纷纷向木船抗议……

游人聚于岸边遮阳网下的方桌，
这里托付给诗人。
而诗人独自愧疚："这并非
生命的承受之轻，岂容得一个人独享？"

2010.7

哦，肉体

我再也看不见我的肉体飞出的忧郁
像一群银雀——栖于梧桐树。我听见骨头的碎裂
穿过骷髅而翩飞于白云的空旷里。

我看见奔腾的血液有马的嘶鸣。
我欲抓住你，而你的头像却是影子。
我在喧嚣的躁动里沉淀。冷酷，让你的季节跌入冰川。

我深陷的沉寂，让世界惊恐。
所有的少女，远离浅海。我在一切肉体的
鲜嫩里寻觅迷失的灵魂，不幸她们不在。

走出路径的漩涡，已是向晚。但她们
终究没有走出我的符咒。属于我的
悉数归还。我要感恩的时刻到了却没有了选择。

2010.8

八月四日，嘉兴：雨中得句

午后，雷电尾随两个北方的男人。
轿车哀号为惊恐寻觅了注脚。

桌下，女人修长的腿是滑动的橹搅动了南湖，
它们牵走老男人两柱僵直的火。

年轻人在寻找证词。
你选择离开。此刻，你正后喜着：
“这之前，我终于关上了新卧室的门窗。”

现在，我们一起去推动十字路口的雨水
追逐风；迷向后惊动了警察……

雷电愈加暴躁，欲撕裂天空。
你说，雷电在敲打大地的子宫。我们大笑。
——喔，桌下：女人的腿开始安静。

2010.8

雁荡山的夜晚

虫鸣涨满夏日的河床，小溪已无力埋怨。
河里淌着一个苍老的声音，和那个
稚嫩的尖叫——

我只要简单，不要复杂！
童男子沉默的星雨隐去更多的黑暗。

桥头，三二靓影，稀疏错落。
酒醉的轿车猛然惊醒。

夜空下，你的高贵令诗高贵。
你智慧般的深厚让中年男人折服——
风暴来自那里。

唯有你——在战栗的冷里体味着安宁。

2010.8

秋 思

旷日的癫狂之后——心走向平静。一如
止水落在秋日的明净里。

让诗返回诗；老房子还在，雨后又添几分
古朴。现在诗与思在暑期的操场散步。
语言热衷于捉迷藏——
而我患了健忘症，不知它们能否归来。

日光不再灼人，气温顺从体温；
街道上，一切花朵不再撩人。她在远处的光亮里踟蹰——
终归有一天，会有门扉叩响；她会陪我
一起走向隐忍，或晦涩。

当所有的光芒都进入黑暗，
在这第五十个秋夜，我看见一个人的舞蹈。

2010.9

城市写真图

一切熟悉的，犹如过往；此刻
还不曾让你陌生——
蝴蝶追逐的花朵已经远去，接秋风前来
做清爽地演说。街上，
依旧飘动少女衣裙的鲜嫩。

骚动依然存在，尖叫依然乖戾，
让耳朵倾听眼睛的真实。
而你，过早地患上了小儿麻痹症。
发生的，与未曾发生的
拥挤在一起吵嚷着看黑白电视。

超市顺利通过宽屏的变形——
直接抵达城市的真理；
这里，楼宇快于树木的生长，
给刺破的天空添加抑郁症，而药方
遗落在异域的城堡。

哦，城市的夜晚来临。那里
五彩的灯火搅乱的
夜空，陡增你脸上斑马线的惊愕。
忽然，你看见欲望之河
倒挂在天边，却流淌于弯曲的街道……
2010.9

寻 找

你的寻找从灰烬开始。
那火苗却是向下的，一直燃向
你脚下的土地——
你猜想，那里也许会有你的故乡。

火苗对肉身的追逐
一直延续着，蔓延着。
你甚至眷恋起了乡村的傍晚
炊烟的焦煳味。

你曾踏着音乐走向文字。
四十二个秋天的午后
你却从词语里体察音乐。
你试着踩一条土路去追寻故乡。

你忆起你的童年是游动的。
一只小纸船漂来漂去。
以至蛰居都城多年
还时常问，故乡在哪里。

睡梦抱紧乡音，
病中辨认童年的伙伴。
这一切都成影子——
故乡的寻找也许会用你的一生。

2010.9

蛇

那截绳索。抛出后，一条黑纹花蛇
蠢动于床沿，或昔日的炕头。

睡梦里，它来自天外；
而此刻却要飞翔。

在黑暗的静寂里，黑纹花蛇爬动——
眼睛的光芒接替鼻息。

蛇是无声的，唯有爬行；
过往的季节不改变它的冰冷。

黎明前，蛇发布一项声明，
它说：这就是它的语言。

时间，是它幽亮的一段黑色斑纹；
穿越仅仅是一次意外抵达。

回望一路的迹痕尚有液渍；
那蛇，却再一次地坠入无期的冬眠。

2010.10

季节（二首）

之一

我看见了：秋天正要远去——
叶片逃离枝头，
像树林给将要到来的季节留下的遗书。

而月季孤独地举着一朵花，
暧昧的欢迎致辞中
不经意间泄露出永别的凄楚，
招致冷风掮来的一个耳光。

此刻，已是傍晚。
少女们，丝袜逃离的美腿
犹如一条蛇远离隆冬。
在这个季节，我看见了我们的
肉体的背叛。

我思忖着：南方的少妇
是否着通透的黄纱裙翩于舞池；
而坝上，树林旁
一个女人是否在看一场虚构的雪。

之二

秋天已经远去。一副新面孔
是季节给世界的又一次馈赠。现在
所有的一切都归你。

林间的雀巢，不再耽乐于咖啡的雀巢——
它们正注目雏鸟的冬季。

收割的田野抬高着远方的虚无，
渐次到来的绿意给她安慰……

季节在自我的更替里，像一条蛇
体会的一次蜕化——
必有新嫩的惊喜。这一切
都宛如来自于旧时代翻新的老照片。

2010.10

虚构的散章

欣赏你在女人潮湿的臂弯里，体验南方的
潮湿：你的强硬导致你的疲软。

想起罗羽，在积攒一些句子；
看见他诗里扭动着的舞龙，竟然躺在
语言的静寂里。

梦见东东寻找一个短语，为一首诗焊接，
他硬朗的诗句里又多了些弯曲。

在一千种目光的照射里，火苗正在升腾；
翌日，看见你的燃烧终于成了
灰烬。而此刻你的身体是一场雪。

典雅的厅堂，魑魅的身影游离天空。
你握着啤酒瓶，说：从此不再需要大地。

你的纪检会拥有了化绵神功——
那双无形的手，春风般无数的
柔指划过，你身上也许就有血淋淋的指痕。

2010.10

飘带

一幅丝带在飘动，径直朝向前方。丝带上
点缀着若干光点。
居于前方的，返身，看它们时有光亮，时有暗淡。

前面又闪烁新的光点。
后面的，一直在追逐，欲叠加，欲黏连。
那光点开始沉重——
飘动的光点慢下来，或停歇。
哦，它又在飘动！——其实一直在动。

几幅丝带偶然地会合，光点繁星般聚合一起，
大地上飘满丝带：它们在喧嚣中静寂，
时有溪水般的声响传来。
那所有的丝带都奔往一个方向……

一瞬间，光点不再移动；丝带不再飘动，
化为断裂的天丝。那丝带上所有的光点一同熄灭
——犹如黎明到来，繁星隐去。

2010.11

鸽 子

一只白色的鸽子向远方飞去。在一片
云层里，消失。你去看时，它却还在原地。
在那个操场，琢游人的食屑……

那飞去的只是它的一个思想。
这思想是坚定的——即便在远方
在云层里，也不会消失。
其实那思想源于一声怪叫，挥之不去——
飘落，覆盖，犹如一场尚未降下的中雪。

怪叫持续着，欲吞没鸽子、操场及四周的茅草。

坐在长条凳上的失聪老者看着这一切，
却没有听见怪叫。他尽兴地挥霍着静谧。
怪叫升至极大，而无声……
鸽子终于飞走了。云消失。一场雪
尚未降下，唯有这诗页守护着一片沉寂。

2010.11

上海速写

传奇在传说的弄堂里游走的时刻
日子有白昼的清白；
深夜，有清冷的灯火舔舐静谧。

一棵香樟支撑一段家史。
软语搅拌的脂粉汹涌着黄浦江。外滩，
不追逐混凝土的世道，
不偏爱石阶。一片横斜的槐树林
便孵出三二靓影，几阵呻吟。

那些城堡只贴十里洋场的商标，
难免“大世界”一番土骂；
而舞动的刀枪，常在闸北区。

有人在嬷嬷的瘪笑里，寻觅张爱玲。
有人盯旗袍叉口粉白的新嫩。
你说，如今它们只供养摄影棚
并谢绝回访。否则，一切将无影踪。

2010.12

在睢县

细雨里闪烁的脸庞，曾经让你的心晴朗。
金叶的声响划破街道的沉闷，
纵使在今天的七月，依然鲜美。

午饭的一再推迟，等待你汗颜；
睢酒的老味道，调度你比北湖的波浪
还高的豪情；蒸包更换着胃口。

小船驶向湖心的午后，而岛屿成就着
不可能：那里，鸟雀成为霸主。
归来时分，夕阳窥视这一切。

玉液浸泡过的目光勒令小径更弯，
让深夜更往深处去；抬头，那人嚎叫：
“看星空，正播撒救助诗家的金币！”

盛夏，你看林木杂生的土坡——
最终，也许只有一瓣梅花翩然落下，
而在诗国已落满南山。此刻，你不后悔。

2010.12

怀 想

偶尔的一跃——你终于逃离肉身。
而你捕获的猎犬已经分割，拱桥的下游
不见漂浮物归来。

乙醚容器里，你的复眼睁着。
盯牢紧握操纵杆的双手——在一片树林的
呼救里你睡了后半夜，随后召唤议会。

一场屠杀选定广场——谁举手
谁就没有手。海湾围拢，
风在慌乱地散发一份疏离的传单。

晚了，惊蛰已经为过往的幸福而欢呼。
所有的账本重新审计，
一场霜的血，溅上树梢……

那刻，驿站的棺木已经枯朽，
异乡的墓地，不允许收容头骨。
那火蟒，回首捡拾慌乱里遗落的信子。

2011.1

夜

癌斑行走的天空驱赶一条河流。
盲者，静观它们的喘息。
那时正有一支游行的队伍路过长安街；
所有的呼喊：都装上了消音器。

狱卒赶赴刑场，要向死刑犯
讨民主；砍下的头颅
嚷着给狱卒输血，说这里最清净。
一群羊：闻讯把头颅带走。

血为自己的血腥羞愧——
深夜，逃至别处的孤坟上哭嚎。
吵醒的女婴，吮吸着母乳的鲜嫩；
而母亲，只剩半截身躯。

风乔扮枯叶，为这一切鼓掌；
惊慌的冰凌从屋檐抖落。
此刻，琉璃瓦的磷光
让夜在黎明之前披一张死马的毛皮。

2011.1

影子与铸件

……那影子划过，悄无声息。
它确实划过去——痕迹永不会消失。
你却说它不该到来——
来了，便是一次多余。

它终归不是树，搅不动风；它在某个地方蜗居已久。
你的宁静里，它来了——你战栗，或呻吟。

你企图测探它的源头。
纷乱过去，你承认：那是徒劳。
终于有一天，一米外短路的
火花使你蜷曲、扭动如水蛇；你捎带了

厮磨与喘息。此刻，你吐出的或许就是一个
滚烫的铸件？你辩解：什么都不是，到来就是结束。

2011.2

与诗的一次相遇

我们相遇在你递来的一张纸条。那一行字让我惊喜。
我审视着你。猜测着：如若来自神那里，

是与魔鬼还是与天使相近？
你留言：我在魔鬼的掌心，但我愿意
是一位天使；更愿意成为一个持家的俗常女子。

端详你的身影。那只是一张没有来历的旧照片。
揣摩那柔弱里的刚烈，那里有伤痕——

盐粒燃起一团火，你几乎要把我烧焦。
我惊悚于你。深夜寻觅着；牵挂换得凌晨两点

梦幻里的一支红玫瑰。
此刻我相信，我们永远居于语言里，
哪怕那只是一次意外。你却说，

我或许比你想象的还自由；我亲近于宗教和哲学。
一次偶然的拜访，兴许会有一场难料的混乱……

2011.3

抵 达

我的想往里，总会有一次抵达。而你的朦胧
犹如一个梦境。我沿着你可能的方向
做蜗牛般轨迹的辨认。

我返回想象的瞬间，
寻找。在词语破碎处捡拾影子……

不，我拥有魔鬼的炼金术，就一定会有一次神秘的缝合——

那个傍晚，我为你织一件言语之衫，如丝缎。
此刻，你就是那立于
海湾手持一支玫瑰张望的仙子？

我决定旅行，欲求会面。你说，会面便是梦醒。

2011.4

在昭平台水库

缘于一个称谓和一场称谓的争辩。
收费人不误收纳税人的门票。我们去寻找
制度的漏洞。哦，钻进去
岂不成了漏网之鱼？我们笑着
回首，看君子们掏腰包买门票的印花税。

看森子指点的岩石
修正了水库的辞典；湖，此刻已经不在。
在的是那片假沙滩假冒斑秃，
几根茅草，在给一片风光添笑料。

人工扶梯的坍塌给我们一个明喻，
谁毁坏自然就如此下场。
从它身上翻过去，就是天然：砂岩的
寂寞，正好对应于人的脚印
而止足于兽性。
风化也自然于教化——
一如沙哑的笑胜过粗鄙的诅咒。

我们坐下，类似于沙雕。
言语里的戴笠混淆着闻一多的清白。
而眼前的水文仪不去测绘人心。

回头吧，正值枯水。那里一切的风景

都熄灭于对岸岛上的浓烟。回头
看办公楼沦落为野鸭场，
不见野鸡。——闪过一个女人
而面色赤红，不逊色于壁上的破语录。

2011.4

山中奇遇

清晨，我们不去恭维峡谷里一条溪流。
我们宁愿走弯路。

捡拾隔季的落叶或松子。漫坡的石球恶意地
混淆着恐龙蛋。
铁篱笆树预言制度的漏洞
让你的脸谱流血。
你说，镰刀的铁腕有斧头的硬道理。

拐角处，一株锯掉的情侣树
让爱无望，让昨晚的酒醉拖延到今天。

岔路口引发路线的争执。我们
坚持一条路走到黑：沿途有庄园，
有新坟的意外
和一树迟开的杏花。前行。不见人迹，
只闻鸟鸣；我们顿生分裂的恐惧。

小溪，有山姑的耐心——
她引领我们登临峰顶，已是午后。

返回的道上，恰遇前来营救的
“压寨夫人”——
我甘愿做“山大王”。

赐一泓泉镜。她笑，而无语……
你讥笑那棵老柳：靠枯朽为我们做了旁证。

2011.4

在郏县“广阔天地大有作为人民公社”纪念馆

最长的称谓不能挽回历史。
现在，那里只有破胶卷，黑白照；
或许还有捆麦的脱散绳子，和几辆架子车？
大门内，几尊雕塑
僵直的手托起“最红最红的红太阳”
正发出蜘蛛网的光芒。

院里，看罗羽背后爱情的破绽
要提防纯情少女抛来暧昧的小刺猬。

我不要进去：那里面
狂热正漂洗着泛白的绿军装，
打入“最高指示”阴谋的内部
意味着做勾当的叛徒。
哦，他们总算做了偷情的游戏，
学会在生产队偷瓜，偷枣；
文波说：他们还会偷狗，偷猪……

草坪不记得他们，毛竹甘愿做后学。
只有一棵小叶女贞
在苍老地挽留这里的一切；
而半棵老梨树曾目击了他们离开的泪滴。

2011.7

暮　春

我看见：春风吹皱的波浪，在柳枝间
拥有河流的真实——

而此刻，河流正走过城市。
它瘦身了。“不，我已僵直；蛙鸣也远我而去。”
是的，那里有腐尸的恶臭漂动……

返回田野。泡桐正在怒放——
喜悦肥硕的花朵，有紫色的高贵。
槐树板着待嫁娘的冷面孔，其实
她们已经有了一次私奔。

来到河畔，在静谧里体味蛙鸣。
我不再理会波浪的心思；
甚至，我原谅了蚊子们黄昏的第一次光临。

2011.5

她们的瀑布

曾经的两条河流，现在是两条瀑布——
或黑，或蓝；胴红，洁白……她们的飞溅
收拢着她们自身。
一切瞩目沦为多余。

而她们遗漏于她们的裸露，
她们为你的戒条设置溃败的情色。晃动的暧昧
击落画家的破眼镜——
你那根线与她一缕真丝媾和。

傍晚时分，她们燃烧两条火焰；灰烬
杂糅于你内心，你不愿承认。
回望源头，那里有山峦
衔一轮落日跳跃于你的地平线，给你看
玫瑰和蔷薇的花朵。
而你在日记里说：这是她们夏日的正午。

2011.5

在傍晚，徒步去老菜根饭庄

傍晚的霞光，又犯了平均主义的
差错：我甘于做受害者。

浓艳的肉体里，一定藏着美丽吗？
看她们急着去招牌里做车模。
少女的曲线，弯着
一个简单，却与单纯有一次不愉快的排异。

风来了，就围观你的汗珠；
它们让你的脸一直拥有叶子的光亮。

树荫已经溃散，被归去小贩的
三轮捎回村庄；尘土起来——
它们正围攻卫生城的假惺惺。

我的徒步有了终点：在老菜根饭庄
一只芦花鸡惊叫着进入我的胃。
此刻，它的冤魂
也许正噬咬着我灵魂的癌斑？夜涌来。

2011.5

正午剪影

正午的阳光令树荫刻薄。
街道旁，几个民工要求移居的申请
获得它们的短暂同意——
看那伸开的泥腿还在境外。

灰尘已不屑于他们；噪音
受到他们的冷遇后，开始寻觅新目标。
几只蚊子不识时务，难免一死。

哦，他们并不稀罕这避难所，
他们向往那座新楼……

这里，走来一位醉鬼——
俨然一位暴君：“一切，都归我所有！”
树荫愤怒，移走。
阳光下，有鼾声的腥臭；
有一条黄狗：陪着他和一摊秽物。

2011.5

子 夜

我看见肥硕的灯光。
树叶的安静，犹如深闺少女的眸子；
犹如白昼没有来过。

风在枝丫间的嬉戏已经困乏，在沉睡。
偶尔的车辆穿行
如同一个物体穿行于时间。

街道两旁的窗口睁着幽深的眼睛
看着夜，星光，以及这静谧……

看尘粒无声地游走，离去。
田里的麦香漂来；一二句家乡土语
漂来；犹如水漂过河道。

小城：你遮蔽太久。
你的夜原来可以隐去更多，舍弃更多——
喧嚣，欲望，罪恶……
此刻，你让我回到乡村的夜晚。

2011.5

一棵树的广场

拥有一棵树的广场，让历史不再羞愧。荒芜和偏远都成为富足。

在它面前，一切都是多余——
纪念碑只是它遗弃的不肖子孙。楼宇还不配与碑文比骨气。
博物馆不配保管它的记忆，和梦。

一棵树：孤独如小城诗人。而它强大于所有的
生灵。——喧嚣，拥挤，都是它眼中弥漫不散的轻蔑的一瞥……

2011.6

湖的情话

一座湖不去想象：它就在城中。
时间为人工做自然的变性手术——
现在，它是市民的自然。

而一座庙宇的新生
让众生在颂歌里去联想死的陈旧，
让线装经书时髦于封底定价。

下雨了。湖面的水泡热情地
欢迎着，却不涉及缘由
就像一群少女在迷茫地唱红歌。

夜晚的湖畔，相拥的肉体
无缝对接；夏日的热空气恶作剧般
围观着，他们毫无察觉。

一个老者通宵不眠守护他的鱼塘。
沉默里，在算计他的生计
还是咀嚼着那则湖的古老传说?

2011.6

游乐场

清早，眼睛热衷于关禁闭；耳朵热衷于透支。
动物园的铁笼子锈蚀了：金钱豹、东北虎
破门而出。它们乐于挖耳膜，给你
玩穿孔的游戏——管你乐意不乐意。

此刻，街道警察陪瞌睡的狗熊捉迷藏。
羚羊耍自行车的杂技：左手煞把
右手按铃——从复兴路，径直按到康复街。

十字路口，热浪擦着了空气的火柴盒，
火焰弥漫于拐角处。尘土去救援，被呛回来。
道旁的树荫烧成锡箔，破碎在树根。
日头搞恶作剧，给街道架上柏油的鏊子；
意在让你明白：发烧才是硬道理。

市民疯了：染绿眼睛、黄头发；
走出家门，就不再想自己的家……
它们驱赶我到湖里。我垂钓一根丝线的安静——
哦，一条黑色的鲤鱼，在傍晚可能现身。

2011.6

自 赎

现在，我携带着半生的罪恶
去作终身的忏悔。像火焰，亲吻了土地；
那心中必有蓝色的忧伤。

我的念头是一条蛇。它们时常穿越肉体，游离于世界——
它们让遇见的善良人惊嚎；
让我的梦有骷髅的晃动。
我的幸福绽放一朵淫邪的罂粟花。

在俗世，我做着粗俗之事——
去闲聊，去亲吻；去窥视少女修长的腿。
诱导更多的人进入黑暗。

在这里，谁寻求光明谁就背叛了我。
哦，他们背叛我
我也背叛他人——这世界，正在这世道里
惩罚着自己。我充当着一个帮凶。

那人间的善良或许只是一两瘦肉，
剔除瘦肉精剩下半两。
而那半两里，还有半个钦定。

现在，请准许我寻求信仰，如同一棵树
在风中寻求生长的空气。我愿化为一棵菩提树——

让众生得到荫护；
让过路人去说：看，又是一个十字架。

2011.8

降 落

那个深夜，我跌入困境——
梦中，纷乱的云穿行于树林里。

而此刻，语言在词语中生长犹如夏日的玉米拔节。

我的额前涌来更多的黑暗。
另一个我，像农人在田野边际眺望
最初永恒的澄明。

这一刻，诗到来——
伴随风：我的耳畔一场滂沱大雨正在降落。

2011.8

在仙岩

我们走近三姑谭，你要在那里小坐。
走进山门，两条小蛇站岗——
像是你给我的忠告。我果然规矩了：看脚下的
落叶都是新颁布的条例。

沿途听你讲论坛趣事。
你假扮小妖给师傅托梦，让他七夕的
笑比哭难看。而你从此隐居。

你有了戏弄山溪的嘉奖，奖状盖着
蓝蝶印章；一条蚱蜢的绿钥匙打开你的心房。
溪中玉腿摆动丽水街桥头的前科，
让你认错，得到两捧水泼辣的回报。
我默看远处山崖的热伤风……

忽然，你惊叫："蛇在叫唤！"旱地鼠
吓飞了魂魄。我嗔："那是灵魂的声音！"

寺庙来电。你一只彩蝶飞去，
我像失散的松鼠攀另一处山峦。
哦，梅雨潭？那是我的去处。
女儿绿的坡上，看你遗失在那里的两条白裙子。

2011.8

你的辩解

这世界不再需要辩解。所有的
坚硬都胜过石头。所以，有人说
辩解的徒劳
犹如一个醉汉的鼾声。

虎豹在前。你作虫鸣的悲哀，
那声音：小到渺小。
你给这世界作辩解的时候
他们说，你做的一切都已经无所谓。

谁了解它的强大，谁就
了解你的弱小。在它夏日的田野，凉晒露珠——
只有阳光同情你的徒劳。

一年总要过去。所有的炎热
都烙下冰雪的疼痛。
这时候，你承认，你的一切
都是秋夜月光下蚊子遗落的疤痕。

2011.9

柔弱不是我的过错

我柔弱于时代的潮头——那里有
太多的不明飞行物，犹如礁石。不经意间
就会粉碎我。我欲远离，而蜗居，
去享受原初柔软的幸福。哦，不。我不能——
我的身边正游动邪恶的唇。

它要噬咬我——说我是可口的午餐，我就
不能逃脱。它已在四周游弋，
我所有的心思都失败于它的心计。
我茫然。寻找救助的妙方。

我看到了钞票或黄金的绚烂。
到跟前却是岸边漂浮的泡沫，一如虚幻。
要逃走吗？它们会判我肇事逃逸罪：
供词已写好，按不按手印
由不得我。此刻，我明白柔弱不是我的错！

2011.9

秋 日

我看见痛苦已经开始疲惫——
它们已经不及一片降压药，不及黎明前睁开的
一双失眠的眼睛。

忧郁的情怀融入你心头，
你的心头就展览了我的糜烂。

忏悔在一只苍蝇身上——
它今天死于我驱之窗外失败的蝇拍下。

救助遭遇的回答，犹如
一句虚假的鼓励；
犹如来自远方海边的一次拒绝。

现在，召唤返回
自身。那里有一声蚊子的呼救。

现在你让我拥有一副
号角，在褴褛的黑夜鼓动一缕鱼肚白……

2011.9

追究：罪恶的共谋

罪恶总是在罪恶之前就已经发生了。
你追究的正是它的一个畸形——你修补了
它欺诈的外貌，
让它在无月的夜里加重着黑暗。

而你那把刀上的光透着的秋寒，
为我的忏悔之躯输了温暖。

隐匿的牌照和证件
似乎在有意掩盖着它的一个不测——
它在你的手里成就共谋。

此刻，我享受着荒诞的
不幸：你不来追究，我也会供出。
你来了，供词恰是你的罪证——
我们一同去阳光下对质，
我会以虚弱的良心，晾晒你的歹毒。

2011.9

教 堂

钟声忙于拍打灰椋鸟的翅膀。
诵经人的吟唱惊动一片乌云。降落：一场雨敲打着窗台。

此刻，众生还在酣睡。梦中
真主教诲无米之炊……

天空的墨汁散去。门前木板上年轻的冤魂
等待超度。隔壁
监狱里，一个杀人者等待判决。
围观的人私语；那里：一片死寂。

夜又降临了。钟声又飘来，诵经人的吟唱又飘来……

2011.10

你我的鸾梦

沙尘暴偷袭的那个夜晚，你看见
一条邻居般平庸的街道。
街道注定要坠入迷雾的梦境，你的飘摇
搀扶她的飘摇。

他一个猛子扎入酒杯：一个酒鬼
摇摆于他自己的云里。

你的想象串联她的想象——
就像你的舞姿踏在她的舞步里。
谁的蕊，在她的红荷里？
你的蛙鸣，只存在于远古的池塘。
你的妖冶摇曳于她的裙裾，
此刻，只有秋风体谅她的冷。

入赘街道，依次接见
街坊：你返还故乡只在悠远的梦里。

2011.11

深秋的疯狂

你看深秋的黄叶勾奸火烧云，落下
就筑起一道你期盼的梦境。你乐于让铜币贴紧后背——
那暖融融，灼烧着你的不眠。

返回街道，盯穿人家的门洞，看那里的火
烧你周身。你说，燃烧里孕育了又一个
火种，会奉还一个原初的铸件。

你窥见铃铛独自穿过街道，你憎恨它的影子
有强盗的洗劫。
你期待一场雪到来，冻僵你的罪恶，它的罪恶。

而你的眼里依然是深秋。枯树下
你为孩童编一个故事：“有一天，
那些翩飞的冥币，会慌乱地噬咬我铭文的一角。”

2011.11

更多的唯一

在更多中，你不需要更多。
你只要唯一，这才是你的抉择。
这一个也许就是唯一的精致？
它已经到来，或正在到来——
而它的到来必然是你的一场惊喜，
让你沉入牧歌的宁静。

所有的修长与浑圆
都无异于一次午睡般的遭遇，
犹如水中绽放的木棉。
口红是一枚虚拟的印章——
就像来自于你那次虚无的期盼
或一首诗虚假的到来。

月光啊，云朵啊；还有笑
还有阴影般的飘洒——
它们不扰乱你拥有景深的镜头，
只乐于等同一张黑白照，
或许等待你某个傍晚意外的复制。
要粘贴？就去付空间的航运费。

2011.12

初冬的池塘

午后，阳光奢侈地挥霍的金币
撒落池塘。池塘忌恨：薄命的池水无福享用；
它们细小的波纹有一次孱弱的郁闷。

半坡枯叶要来借贷却没资格。它们滚动着
愿做金币的伴娘；更多的则把投池看作一场投诚。

风是一个厉鬼，遇见谁都会把他的脸庞刮出
血痕来。此刻，它期待着夕阳的到来——
金币的高利贷就会幽灵般飘走……

树上，枝条们测度着远去雀鸟的冷暖；
而池塘，正梦见一只蜻蜓领略了荻花的虚无。

2011.12

驯化术

她并不总是在你思念的那一刻出现——

你惯常地忧郁着，游荡于街市。
在拐角，她却撞你个满怀。
你惊慌的趔趄被惊喜校正，定睛看
你只窥见她的影子；真身
尚不知躲在何处。

此刻，你最怕她是一只美丽的小兽。
你发毒誓，要驯服她，
让她走过来，坐你的床沿；
错了：她总平添你
深夜的孤独和黎明的乱梦。

你苦研驯化术——参照教科书
观察她的行踪，和洞穴；
你携带绳索悄悄走过去。那里
一群乌鸦正和喜鹊打阵地战；
远处有狼群，野猪正往这里蹭来。

你终于懊悔你的选择。……忽然
她闪出真身：绳索自己用吧，
你真要我？那我就住在你的耳郭里。

2011.12

我们的村庄

我们的村庄越来越像一个陈旧的梦境。
灰褐是村庄梦中亘古的意象，
守护它犹如恪守一份贞操。
它认同村头老槐树上那个鸟巢，
而鸟雀早已飞往南方的树林。

坑塘感激雨水，让它成为村庄的近邻；
就像那片融洽的老楝树。
谁也无法阻止高压电杆的傲慢——
它不怕孤立，依旧强硬地掌控着你的光芒
或许更多：仿佛村主任。
此刻，他们正窥视你崛起的新楼。

冬日里，村庄在等候一场雪的到来；
等待洁白填补寂寥的空洞。
一只鸟在傍晚的天空孤独的飞，
我们的村庄又在做梦：梦见工厂
就要停产；新修的高速公路正要离去……

2011.12

盲 女

你的眼前，绝不总是黑色的枝条。
鸟鸣是凸显的文字：它们
让你的阅读成为那个清晨的可能；
成为你春天的一次完美绽放。

你的梦的纷乱愈加凝重——
就像那男孩的一双手，那个初吻。

你的歌声是绿色的。用歌唱
挖掘一条河流；而你的
笑犹如玫瑰，开在我们的迷雾里。
你的身躯弯曲所有人的目光——
它们却抵达心灵的笔直。

在星光里，你终于有了
直通车：通往远方。
而我们拥有了你的一次谢幕。
你说，骤来的掌声是撒落的阳光。

2012.1

一条裂缝

一条裂缝，撕开上午和下午。楼高处
嚎叫中的魔鬼驻扎耳郭。追捕你的鼾声：梦现出原形。

街道上，所有的声音：汽笛啊，铃声
和小贩的叫卖被驱赶到城外，在那里发抖。
雪，封存了它们的喉咙后原地休整。
还有更多的声音悄悄涌来弥补缝隙。一只雀鸟

在巢内冻僵，而在那嚎叫里惊醒——
蜕变的夜郎走在街上。哦，人怎么都蔫了？
萎缩在电脑前，向荧屏鞠躬以祈求饶恕。

嫩模跳着街舞出来看热闹；热了
短裙捐给乞讨的鳏夫做毡帽。
鳏夫不乐意：我要拥有上帝的威严，看谁
不给我炸鸡腿，还有你嫩模！要给我三陪……

傍晚，累了的夕阳“早退”——它才不怕纪检查岗！
西台区变压器燃烧：噢，魔鬼畏罪潜逃。

2012.1

从殡仪馆归来书

你又一次从殡仪馆走回来——
在雾里，你辨不清该奔往哪条路。

该留下的，已经留下
现在已经化成灰。比羽毛还轻吗？
说不了，但比姓名轻了；
比人言更轻——他可飞向
天空任意的地方，会是天堂吗？

出生总是不一定。死：定了——
就在前一天，傍晚。

你的履历复杂吗？就像刚才
那活着的局长为死去局长做的
悼词。你要主持
就把一个人念三次名字，
顺序是：病重期间，吊唁期间；
还有：参加今天追悼会的……

该走的已经走了。此刻
活着的你应该重新猜度怎样去活。

2012.1

石榴的一卦

石榴裂开的地方，有一个秋天。
那里，细碎的白银
让你有做过艳梦的惊喜。
而你的撑破在那个有薄雾的傍晚——
内容暧昧，藏有酥软的凶器。
公租房像注入膨大剂的
乳房：所以，他们
在城中村的雀巢里孵化小天鹅。
回头想起故乡的水煎包，
一天的钢镚在一碗胡辣汤里
打水漂。新春座谈会的
“情报”惊呆了县太爷，惊堂木
震荡了城湖的小涟漪
不抵撑破的红房子里的佯叫。
现在是初春，田里的麦苗
在饥渴里期待着一场婚外孕。
它们不再梦想一场雪，
也不再去奢望石榴的那个不地道。

2012.2

检 举

咖啡桌下，偷情的白腿举报了
佳能长镜头的窥阴癖；她说：你把拜访
当作一次报复，可笑。

她用手捂着的一只绿眼睛，看你写给她的红色情书。
哦，她说是谁的洪水就冲垮谁的
堤岸。乳沟里泡着她的熟
和你的青涩；她起身走了，摆手
让你过来：你正钟情于她破烂的超短裙。

她要游泳了，哪里都有水，湿身
不是她的一场意外——
她意外于一个傻男人的哭泣。
此刻，蹲与坐都不是你的错儿，一次走光
也不是一辈子。你敏感于某一点，
犹如你的心思；
而你眺望的远海不见彼岸。

春日的芦苇荡，阳光又一次偷渡了你
和她的嫩模。那时你正躬身拣拾她的黑白照。

2012.2

冬日掠影

你说枝条一冬的沉默，一定会
爆发；那怨恨一定会催发春日的绽放——
犹如元宵节之夜的坠落
陷入新一轮季节的道德圈。

几只山羊为麦田出演最后的冰雪
那一定是在霜之后，所以
某个凌晨的返青是一场必然。

野地把玩着烟雾的孤独，
它们只配给午后游走的身影做伴娘……

无聊自有无聊的依据——
那麻雀寻觅的就是这份心情。
冬日里，你就不再需要更多的色彩，
你倔强于灰色永恒的雕刻。

而你说，在自然面前，你是臣子
又是上帝；你臣服它们，又统领它们——
你宁愿在这悖谬里度过一生。

2012.2

咖啡的雀巢

咖啡的树上，你拥有了一个家。
如今，你漂泊了——
你涂了让人发紫的口唇，有人就乐于去追逐
你的体香，和色相。
而你比他们幸运：他们在酣睡中
被人抬走，房子被拆了；
又错拆了。派出所笑答：寻不着影子。
是的，影子真的不如一张纸实在；
也不如小浪底那栋别墅
在夜幕下，招摇着她的风骚。
不如东区的楼舍
在烟雨的晚上听鬼嚎：一个乞讨的
瞎子，嚷着要躲进殡仪馆大厅。
南区的工棚扮轻薄相——
在那天的三级风里，拍死
骨瘦的老鳏夫。你不如一只孤独的喜鹊，
在它的树上王国享受殊荣，那天
它指使臣妾去了别的雀巢——
陷害主事的家长犯了强奸罪。哦，
我的屋檐下，一窝麻雀正在深夜举杯祝贺。

2012.2

枣园的冤案

上午了，你要去慰问枣园紫褐的沉默，
它们把委屈托付给去年的雀巢。
你问枣园还会沉默多久，它们一致决议：要考验
春天的耐心。

现在，所有的枝条都要去追究那个季节
逃逸的责任；你就别再苛求了。

那些枝头甘心听从杨柳的启示——
“它们若起来造反，
我们就心存歹意；在夏季到来之前讨个公道，
谁造成我们的沉默，谁给予补偿。”
杨柳树动容了：掌声捧着它们的泪水。

2012.2

画皮：情人节前的拼贴

借问丝袜里白茫茫的粉嫩，果真是你的皮肉？
你甩落的笑，羞了情人节玫瑰的花蕊。
欲刺探它们内部的温柔，你已经在纷乱里走远。

而远方少女，血肉在偷情海边树上的彩条——
回首，她的皮已运往远海的集装箱。
父亲摆渡装甲飞往雾都，铁秤砣
系在母女软肋上。哦，一个个黑甲武士
愧疚于娘俩的婚纱不演双城记。
此刻他们撕扯雾的冤魂，要作远山的呼唤。

另一批，到海岸寻觅皮下脂肪。
坏了，父亲私闯领事馆，活该去休假式治疗，
整体的皮肤亟待缝合又无暇缝合……

于是绑架常委会：下午的浴血给情妇新筑了
一个暖巢，让她破了的处女膜缓慢修复。
赴任路上，撞见童男玉女挤兑民政局
要领泛红的保护膜。
她惊奇：那层画皮，果真就能撑起一柄天堂伞？

2012.2

她们，或悲喜剧

我听见，小妓女昨晚的功课还没做完，
此刻，又在补黎明后的祈祷。
木门渎职了——
门缝热吻的潮湿改善了你脸膛的气象。

26岁，不去好好贴面膜，偏借
外婆的黑牌子游大街；
如今，“非法集资”了；
要死，要活？——由不得你！

你不如她幸运：假借厅长的云梯
在土管局长的还乡路上下暴雨。
审计署长要深夜审计？
她借茅台降了他的辈分儿。

最好生个孩子吧。那是上了个保险——
人身的，人寿的都有；
房子有了，等着他“双规”。
亲子鉴定后，他就会全坦白……

或者，你不如做个小保姆
混进他的深宅；
给夫人灌了“迷魂药”，你笑了：
“哼！你有你的胸脯，我有我的胸器！”
2012.2

冬日的恩典

我不畏惧这一切的孤独。掌声
已经成为过去；我甘于做那些枝条的朋友。
现在我乐于疏朗的世界。

风来了，是一个清冷的探寻；
就像月光的垂爱，类似一场意外的重逢。
我不喜欢阳光温湿的嘲弄——
它一到来，我就会无端地惊悸，
犹如一次明亮的处罚。

我看见世间的爱，有睡眠的脆弱
和梦的稀少；
犹如你看见的——
一声咳嗽，就可以把爱撕裂……

此刻，街道上的喧嚣不再是骚扰，
唯有深夜给我的静寂如同一次额外的恩典。

2012.3

雾中：候车去郑州

流浪猫窜至村西头。正要觅食
一群镂花鸡赶来保卫它们的家园，咯咯叫着
要开陌生者的小型批斗会。
正好声援了那边一群轿车的吵嚷——
“雾散了，为什么不放行？”
据说，几辆走门子的车不远处追尾了。

绕道吧。绕道无异于一次
曲线救国。小镇集市上，地痞骂你不长眼睛，
她揣测着卖眼镜的村姑
移居老板家后的情景。
这时，村妇的冷苹果引发了慢性胃痛。

高速了，你开你的车，她睡她的觉；
她记得郑州的合记烩面能补迟到的午餐。

傍晚到了，女儿还未到。
东风渠躲藏楼宇的灯海……
忽然，洗手间换气扇的波浪
送来隔壁小妓女快乐的呻吟，有如
一条湿滑的小鲫鱼逆水过来泄露河豚的秘密。

2012.3

都市夕照

摩天厦孤直的旋风刮到你的纷乱——
在这夏日，你冷到抱肩膀。

你抱怨哪来的妖风时，
你的裸影成了女妖
背靠着摇摆天窗。夕阳的
一缕霞正好做你的睡衣；
身边，落地玻璃幕则是你的照妖镜。

你凝思着你的烦乱，
犹如你的飘发锁紧你的头顶。
哦，马尾不见了。

你的睫毛长长了，黑里
透出的虚假惯坏了你的回头客。
现在，你忆着草地上
怀抱皮球的小女孩离你有多远。
你忽然厌倦了自信的白腿
多出一层紫色的丝袜。

而蓝天上
白云远去，给你留下一片灰蒙蒙。

2012.5

一瓶酒，又一瓶……

傍晚的喜悦逗引你的脚步——
跨向通往信阳饭店的一条街。耸动的夜里
有一头老绵羊的背影。

一瓶酒勾连着“我想你”。对坐的三人
有万鹏的咂舌和劝阻；一瓶酒
勾连旅店的吸顶灯
和你脸上紫色的奖赏——
所以有了夜半神胎，有了盆池旁虔诚的跪拜……

清晨了，你可否清醒？
在人行道，你看了不该看的风景，
上帝警告了你——
让你的脸庞有了渗血的红肿
犹如远方行刑的印烙，
有了你在别处的女人聆听着的戏骂。

一本书之后，还有一本书？
那你的酒就要细些——如溪水
在不远处断流了，你才会直起腰哈哈大笑。

2012.5

你的星空，她的星空

你的火烧云，燃了半个天空。你却说
那火焰是冰冷的——
它们早已隶属于天空的远亲。

所以，你撒来半张网，笼络星斗。
星的深处已是夏日的浑浊。

而你疑惑着，你的更深处有更多的混乱。
你茫然望着远方的另一个星斗，
那里的瀑布似在倒置。
陌生的星球新添了人工支架。

更多的云飘来飘去……
那如蝶的翅羽，如词语飞往远处。

现在，你该庆幸了——
有片云已成汪洋，那片已炸飞；
她们的星空里，正酝酿一场暴风雨。

2012.6

在八里沟（二首）

之一

你企图拥有春燕的羽翅，而你不飞翔。
臂上凝脂的冷放飞面颊的汗珠，
掳掠了他的眼球；在傍晚，一并关进了
散发的火烧云。

深夜的第二次啜饮成为你第一次
约问的追问：“为啥不送？”
——哦，绳索框进翌日沟旁的合影。

生日了，你和他拥近大家的集体照；
而你的出走带走他们的一只手……

有人惊呼：我的胃；有人索要版权——
哦，我亲爱的胃！那时
你已是酒的情人；但你能把
虚夸的小花帽搓成紧箍咒
抛向空中：有人现了红彤彤的原形。

此刻一切归于平静，犹如孕石。
我在并不微妙的三角关系里，抄供词。

2012.6

之二

在八里沟的局外，有人看见峡谷里
结冰的瀑布有一次意外。
不该有意外——她该隐藏于她的衣衫里，
那里，冬天依然有疏斜的枝柯。

也不该有你的穿行：那几乎
是一场预谋。此刻，看风景的人
在镜框之外如置之事外。

其间，我也想象了一次诗歌行动——
似乎跟冰瀑无关，又有关。

黑蝶煽动一如你的裙摆，她的裙摆；
落网了：概不构成她和你的悲哀。
谁进了水帘洞就是猴子——
我进去，窥见一群躲闪的悔意……

之后，我凝视着假设的群瀑——
那是气喘吁吁干渴的午后。
田桑说：若是真的那就是天下的奇观。

2012.6

退回来

我退回来了——在那个漆黑的傍晚。
潮湿的岛国：恶棍、地痞，猎兔。盘踞着的
一条五色花蛇。我看见
小花狗还在我的背影里摇着秃尾巴。

我不再是小寨主了——我的心，不再浑浊。
哦，寨门已经开裂。走时
它许诺：父母退还给我；还有女儿，儿子。
人呢？——现在轮到他们来认领我了。
床退还了我。睡眠
拴住我的床腿。糟糕——
闹钟丢在了花蛇情妇的床头柜里……

妻子赏给我的唠叨，我如数封存。
还有白开水，带露珠的菜叶子，空气。
看公交车的争吵嘲笑着的哥
收入了一脸唾沫星子。回头，看警察
搜出驾照交给警长夫人冒充军残证——
那一天她们免费游了云台山。

午饭后，老部下送来岛主颁发的终身嘉奖令。
诏曰：把心交给心爱——在这个
世界陪伴你的朝夕：妻子。诗。和死亡。

2012.7

出生的意外之书

那个有粉雾的清晨，你撞破了子宫的
小窄门。蹦出。是一个壮举——
你啊英雄！通道：还躺着血……你就曾经
看见了你是那条河流上的一个虫卵。

你呱呱地哭，惊动了时代。
这是你的生活。但是你还没有生活在
你的出生证里。那个漆黑的
城门不朝向你的黄眼睛。
粗糙的一页纸不蹭你的屁股；于是
你有了第一次哭诉；添了少妇的心烦，
外加一个护士。

多少年了，你要去寻找你的来路——
而那里，已经是一片空白，
不如你的弟弟：他留了一个污点。

这是你一次性生存的遗憾。你说
要让上帝证明你的屈尊。哦
算了吧，你的后人为你刻好了牌位。
那个漆黑的门开了：过来！
领走你的死亡通知书，墓坑自己去挖。

2012.7

来自动物园的旁证

火烧云飘过你的头颅——那个念头出现了。
你说：要轿车，还要别墅。
老公？——来去都是他的一次性消费。

你窥见的那点黑暗如同一个黑社会，
她的溃疡，就是你的溃疡——
洁尔阴不解决时代问题。
他教诲着：你比黑暗时代的女人幸福，
她们曾经躲过了两个坏男人，还是陷入饥饿；
离开爱，直到死。
哦，你成了她猩红溃烂的救世主！

谁在你散发的滩地里游牧？她放飞的鸽子
还能回家吗？你背诵着：黑暗的
眼睛。寻求光明……

早上，他偷看了你的豹纹内裤。
豹纹短裙还在床上，穿上它
就可以去森林：那里的母豹还有三只。
或许，你也可以勾奸年迈的虎？
她笑着，小手摆得犹如一条初春的柳枝。

2012.7

东风渠

堤岸下，裸睡的男人是时代的污点，
河流就是城市的伤口了，它的污臭波及了
晨练人的胸怀；陪伴着一个老者的
哮喘和城里人的冷脸。

低矮的水坝制作了虚幻的溪水，骗取
一只灰椋鸟徒劳的捕捉；
从此岸到彼岸依然不存希望。飞回
遭遇了另一只鸟潜在水下的监听——
就像是上帝派来的奸细。

支流只解决枝节问题，还不是每个都乐于出手。
一条黄狗不屑体谅人间的愁苦
兀自追逐前方的飞蝶。
桥上虚假的藤蔓见证桥下尿液的真实
却指责对岸夹竹桃的清白……

离开河岸。听见军营无奈的歌声，
听见了保洁的老妇人絮叨着
修自行车的好人……
哦！街口忽然瞥见女儿匆忙上班的背影。

2012.7

又见北湖

又见北湖。岸上栏杆的汉白玉
依旧崭新着，犹如新条例围攻了湖水的旧思想。
湖里的荷花便是争宠的群妃。

有人下水，就有人淹死，这并非湖水的原罪——
溺水青年在这里与林业局长找平等。

古老的波浪不理会堤岸的新潮，
它的阴暗面，渡你的晕
也打堤坝根基的坏主意。
它们的腥虚拟了血腥——陈旧的硝烟
拜谒新修的望母台。
而新神道让真襄陵貌似伪造。

一干人离开湖水，兴冲冲。
一只白鸟冲破波涛的封锁线，放弃傍晚的等待。

2012.8

过程审判

过程追逐的暧昧，胁迫两道对峙的目光
追杀三年前的雷电。尽头，两行脚印正走倒八字。

那一刻，一场雨已在云层。
一条鳜鱼滑湿的身影，穿过风的持续呻吟
向着彼岸超度……

到达彼岸，已没有了岸。返回
路径指控了过程，而过程已经失忆，无需词语的绑架。

2012.8

蓝指甲

那晚，蓝指甲的背后酝酿了一场哗变——
在喧嚣的火炬和一池败落的荷花冰弯道旁。

胳膊再也挽不住尖叫的微信。
两座山峰，一个冷冻的笑喘——
炸开了是乱云，接着就是一夜风暴雨。
她的瀑布里，不见一条活鱼归来。
“我快要崩溃了……”
凌晨三点的星星替噩梦打圆场。

羽翼不背叛箩筐的黑社会，此刻
旧蜷毛与新拉丝正举行新一轮保钓会晤。

“你的屁股又小了……”

雨的陈年粉条淋了你的新粉丝，
寒噤里，笑靥有些湿。
饭店的绿豆芽送上来：“哦，醋放多了！”
又一个拼盘——“虾炒！”
对面的女人在说。说
你不要做个醉人……她还说
“梯子扶上，（灯泡按进去，
还有一个螺钉，在寻找螺母的哲学……）
——我却下不来了。”

路人，不要看，
那是两只流浪猫在玩墙头上古老的游戏。
你的墙头？她的墙头？

“我喜欢吃花生。”

一柄雌性的烙铁锄头呻吟于正午。那里
有一片晚熟的枣园
几个坟冢，等待词语的饥饿。
酒祭的仪式过后有拥抱着的战争……
而那个迟到的夜晚要在慈云寺的湖岸补课——
四个支点不确保稳定性：唯有趔趄。

这一刻
我窥见上帝的臂弯里伸出蓝指甲的承诺。

2012.9

三苏祠讳语

三苏祠的路上，谈到了性，谈到了妾赠；
还谈了三千抽……
——流氓性是人性？那爱呢？
与参拜相悖的话题，罚我们走错路——
不如贝贝“拜会”的小自恋直接。

人唯新人可爱，房舍旧了值钱
成误导的论调，不比淑女的导游语清白，
不及东坡竹清高。

广庆寺，墓龙翘着尾巴与侧柏比大自恋。
神道的石羊与相面先生晒沉默。

夫子兀自流放，品家人途中糟害的道理，
小山岗，肉身托付给峨嵋，
忙于迎送闲逛人的真假跪拜。

东坡湖，窥见栏杆的新举措
束缚旧岸石；老槐林
坦白撒尿的坏主意，活该面相值六元钱！
而你说，你是那棵楷树。

回首看，新门楼要做旧贞节的牌坊
正告我们对刺柏的不洁；

而坟冢旁，那棵树又在引诱——
它教唆圣光的逆子！

被夫子赶出三苏园的浪荡子，
尾随午后为老不尊的诫勉谈话——
宝丰的好酒水掺和了膻腻的饸饹面。
离开的路上，谈吐
不起水泡，起了傍晚的薄雾……
牵挂遥远的一湾水，你深夜去了连云港。

2012.10

背景的藏身

此刻，我的霄儿正要去动画你的镜像。
旧京的线装书填饱你的胃，
维生素A饲养你的荧屏兽——
隔半页瓶底，你们去眨昨夜的星斗。

她的诗会不是你的诗会。
她点滴你的血管，深夜的冰块梦撞倒
蓝色药片的火梦游。

时光魔在面颊织她精细的纹路——
你的词根不编她的心，
偏让她有夜的色相痛淋了硫黄雨。

“你太枯燥了！”
甩长发的少妇人不愿去冒犯你的床沿，
那里，油垢折叠色垢。
而偏有小沙弥拆你脱轨的高铁。

有肉。有喂酒的男人。癫狂。
动车西行，他拽你灰太狼的尾巴。
“这里还有饼呢！你走吧。”
木门哐当你西客站的果核——
烤饼却误做了一回窝藏人命的嫌疑犯。
2012.10

老村头噩梦

村西头新筑的高楼，正嚷着要抬辈分儿——
谁是高山，谁就是泰山。
矮矬的草房，你个邋遢的外孙！
打工的孙子瞪暴龙眼：
都是佛了，谁做这里的穷主持？

老奶奶眼镜跌碎，头脑愈加昏花——
靠上雕木床头，盘髻。
欲嫁一个新郎？“不，俺嫁新房！”

厨子勾搭戏子，冲了墓中爷爷的老艳遇。
破落故事溜出北河口，
三二婆娘闭合一双水帘洞。

炊烟漫了古寺，旧塔只露锥尖。
而炊烟不敢漫过高楼，
玻璃幕正戳沙尘暴的幺蛾子——
看我大红灯笼不罩你的牛魔魂儿！

闹鬼的老祠堂挂郎死岗的经幡，
承认败给新鬼城，
憋急了：一阵浪笑、一阵呻吟笑……
老村头怀揣旧家谱
前来献计，却犯了百家姓的妨碍公务罪。

2012.10

皮革厂怀旧梦

那个年代的旧策略：衔着口号吹水泡，
标语不需无耻的忏悔。东方红的履带轧过去，
麦秆白骨，田地扒光，村长克隆厂长。

银行里，“送钱就给钱，何不跑钱？
跑早了捞大鱼，跑晚了趟浑水。”

新上任的厂长额头刷傲慢漆，
不说为不说，说了白说——
规划在啤酒肚里揉搓板山羊毛皮的腐烂。
火车上，颠倒的报纸给别人看。

他说市场是村东头的坑塘，鱼虾都是钱财。
合同？拉到鼠洞里比抽屉里安全，
论张论尺的骗局搓了别人的法律绳。

你个投奔倒骑驴的瞎马——
此刻，悔恨只咬倒任后的碗边儿……

二十年了，厂还在吗？
铁锈勾搭砖锈梦见琉璃古董。
梦见厂里流淌的污水，酷似盗墓贼

棺木拖出的裹尸布——

有朋友捎信来：厂长已经吃了农村低保户。

2012.10

绿袜子

采花盗行窃的花布袋，现身十字街口——
翻别人墙头，玩自个花招，
钻半华里夏夜的青纱帐。
一碗葱花面里两个鸡蛋卧底最是潜伏。

谁说女人不能养面首？
死去的人都会站起来说话：“时代不同了，
男女都一样！”
所以，他一生都是绿的。所以
他沿街挥毫卖字，回头
撞破自家炕头拴着别家男人的脑壳：
“哦，对不起！”

老师傅窥见新婆娘出墙了，
他就借她的花环编自己的绿叶帽，
街口，就多一道醋风景。
公安局长怀里的话务员还是你的吗？
你在江南卖金字招牌，挣自家老板……
要离婚？离婚使人进步，
双色男女一同钻都城的老鼠洞。

偷鸡不成，赊了——那把米是黄金豆！
雕琢一副金手镯

可兑换皮条客手中的金叶子——
现在，他手里还有几条红袜子、绿袜子。

2012.11

白手套

这些成群蚂蚁的刽子手，啃着牛骨头。
他的套路不是你的套路。
要看吗？你不同意
他只能看她飘飞的蓝指甲和绿袜子的暗影。

牧村狐掏腰包的公园，有三只
离婚的猴子。它们挠同一个驼背的
绵羊。篱笆网外的一只，看着，笑着。

他要用心看，你急了。
你说，我捐你一个蒙古养牛场。

现在，所有的黑腿、白腿
都是人间的顶梁柱。弯曲的丁香树
讨要的耿直，你说胜过弯曲的政治。
看，台上台下都鼓了黄叶掌。

他戴上窥色镜，你们都是瞎子。
不！你偷看了我更多新垒的防空洞。

我们去开封看俄罗斯的民国模型，
孕妇不是我礼拜天的模特。

白手套只做阴处的杀手，
你在一个马厩里，看到了河南牧专……

餐桌上，你还要啃吗？只能去啃牛骨头。

2012.11

农业路

一元一元缝合的新生活卷入BRT，
我们是玻璃窗的壁虎。
绝望的冷冻眼
看天使的翅膀僵直，
橱窗里的心脏流出虚拟的血液——
狗日的房产商急于出手房子
如同我们急于出手拥挤。

都城的雾霾降落人的泥石流，
老街道接管轿车堰塞湖。
它们托黄昏梦——
弹出的蜗牛腿搭上了苍蝇的末班飞行。

老娘驾车来接，女儿埋怨：
“生出来让我遭罪，活该做老妈子！”
“把你嫁了，权当泼一盆水！”

隔代的票车镀我们的夕阳脸，
镀我们夏日的尘灰衫；
陈旧的轰鸣渡我们的安静。
回到那个秋夜，秋冷
就度量我们湖桑羊肠道的泥泞步——
匕首、电棒
比影视城流出的血逼真……

你们——要回家吗？

“是的，我们要回家：回廉租屋、

城中村、按揭的毛坯房，

那里有我们专用的20平窝尔窝！”

2012.11

十一月二十四日夜，陪永伟宿中州宾馆。失眠后得句

熄灯之后，古井贡就邀我们一起去潜海。
我窥见你海滩上泳装的隐私。
你很武断。跌落深海的浪头惊动了海豚与白鲸——
它们的声呐围攻你诡秘的嚎叫。

左手鸡牵着右手的鸳鸯呼唤你的爱，
几个小媳妇从异地赶来。
你的翘翘唇逐一吻纳了她们——
一个陪闺蜜的老公消夜，
一个在黄岛独自啜饮。

一队、一队地走来，又过去；一支部队的
辎重重蹈了覆辙……

粉嫩的轻盈飘过去，飘过来——
你三百鞭子抽打肥胖的哮喘。
戴眼镜的白裙女子，深夜坐钓又一个船板。

一只白条鸭在手机里叫夜，泄露做爱的
密码，幸好黑屏掩饰了真相。
邻居的轿车妹整夜叫床
像暮秋学舌的老鹌鹑，嚷着要做秃鹫的小老婆。

2012.11

后 记

决定编选这个集子的时候，有个想法：尽量选一些语言轻盈、轻快的或拥有肯定意义的诗。但浏览了十余年的诗作后，我的初衷改了——

首先，我写于2006年以前的、和赠给友人的诗以及那些游历之作或“以诗写诗”的东西并不能呈现我诗歌的基本风貌；不妨说，那仅仅是我诗歌的一个侧面。而更能展现的还是偏于“沉重”或“晦暗”的作品。其次，这个时代的一切都“妖魔”了，人也如此——价值，美；爱乃至于性。所以，作适度的妖魔化，将有助于诗人悖谬的作案；语言及其形式元素都该去巴结这个妖魔，要不然，诗也会被它吃掉。面对不能承受的生命之轻，要对时世有一个真诚而有效的发言，唯有“一种非诗意的负面经验，一种纯属个人经验值的不良资产”（耿占春）才能与之相配。再次，近年来偏爱于博杂而复合的诗学——意欲让诗裹挟更多异质的东西……

顺从以上的思路，就编选出了现在的集子。而那些不同的作品就留待以后再编吧。在这里，我真诚地感谢耿占春先生在繁忙的写作之中，又逢酷暑——还能为这本小书作序。感谢罗羽、王东东在诗集编选过程中给予很多建议并写出了精到的评语。

2012.8.16 兰石轩

附记：诗集去年8月就已编竣，并交出版社排版，计划年底出版，而后来却有了变故。一如我的一个诗片说的：

老社长走了，新社长来了，
就审定新诗集作旧版本，
就关责编的软禁。一个诗人抱着残卷远行。

多亏蒋浩多方联络，最终才得以出版发行，亦感佩谢瑞的辛劳；在此一并致谢！遂又把去年写的几首编在一起，作为一个完整的阶段性版本，这就应了多多的说法：诗人的生命50岁以后开始，那么，我的诗歌就从52岁开始吧！

2013.4.16.兰石轩

盆地这边

诗问道

盆地这边 | 吴悯 著

黄河出版传媒集团
阳　光　出　版　社

图书在版编目（CIP）数据

盆地这边 / 吴悯著. -- 银川 : 阳光出版社,
2013.12
（诗间道丛书）
ISBN 978-7-5525-1183-3

Ⅰ. ①盆… Ⅱ. ①吴… Ⅲ. ①诗集 – 中国 – 当代
Ⅳ. ①I227

中国版本图书馆CIP数据核字(2013)第318869号

盆地这边　　吴悯 著

责任编辑　李嫒嫒　赵维娟
封面设计　蒋　浩
责任印制　郭迅生

黄河出版传媒集团
阳光出版社　出版发行

地　　址　宁夏银川市北京东路139号出版大厦（750001）
网　　址　http://www.yrpubm.com
网上书店　http://www.hh-book.com
电子信箱　yangguang@yrpubm.com
邮购电话　0951-5044614
经　　销　全国新华书店
印刷装订　宁夏报业传媒印刷有限公司
印刷委托书号　(宁)0014786

开　　本　880mm×1230mm　1/32
印　　张　5
字　　数　130千字
版　　次　2014年1月第1版
印　　次　2014年1月第1次印刷
书　　号　ISBN 978-7-5525-1183-3/I・410

定　　价　100.00元（全四册）

序

我选择了一条艰难的道路
在中途，由于更为沉重的现实
我可悲地游离了它
但它不可抗拒的力量最终挽留了我
早期，我迷恋加西亚·洛尔卡；后来
弗朗西斯·哑默以及罗伯特·弗洛斯特
还有陶渊明的光辉照亮了我黑暗的屋顶
我渴望建立具体，朴素，诉说的风格
并且用它来写出全新的农事诗
可惜我力不能逮
我厌恶工业时代，它更虚伪，毛糙，寒冷而血淋淋
这部选集中的相当部分是我愿望的结果

目录

夜啊，扇着薄薄的翅膀

夜啊，扇着薄薄的翅膀
它来到县城中江
歇在孩子的眼睫上
她看见远方的山中
一只白鹅在湖水中歌唱
啄着星星的尾巴
在湖水中歌唱

夜啊，扇着薄薄的翅膀
它来到县城中江
歇在少女银质的乳房
她看见热带丛林
溶洞中闪闪的宝藏
华丽的仆人簇拥漂亮的国王
透越丛林的阳光
比遥远的西西里岛的阳光
还要漫长

夜啊，扇着薄薄的翅膀
她看见多少只大象
洁白的大象在海水中包围她
鼻子刁着通红通红的短笛
短笛说，“捉住这位姑娘”

夜啊，扇着薄薄的翅膀
它偷偷钻进诗人的笔管
把丝绒般的心
留在他匆匆的诗行

箫

吹箫的玉女
走于大野之中
吹箫，吹箫
吹箫的玉女惊动了远方
远方有一件风的衣裳
透明的衣裳
火焰的衣裳

打开金质的屋子
打开银质的屋子
吹箫的玉女在火焰中
埋下向日葵种子
一柄象牙梳子

会飞的梳子
温暖的梳子
吹箫的玉女回到水中
箫管变成红尾鱼
会飞的鱼，衔一柄象牙梳子

杯　子

杯子碎了
杯子的感觉不会碎
发烫的杯子
刺骨的杯子
杯子是透明的

杯子不会消逝
高足的杯子
圆口的杯子
发烫的刺骨的紫罗兰杯子

草地升起来了

草地升起来了
夕阳快落山了
回家吧
孩子，我的孩子

孩子藏在水里
藏在草里
他没看我
只轻轻絮语

孩子走在水上
两块红红的萝卜
翻动在水银
孩子的眼里
长出一双手
比白玉还白的手

回家吧
孩子，贪玩的孩子
没有回音
孩子浸在水里
一个透明的水泡
顺着流动的河
远方流来的河

又流向远方

草地升起来了
夕阳快落山了

在盆地这边

一

阳光照耀。起伏的山岭碧绿
远处，是模糊的青黑色
更远处辽阔的平原：印有图案的床单

风，小跑一百里灌进山
使每张叶片出声
这儿的美是他们家的

（她是个小女人，笑得少
她男人块头漆黑，高大
钻出林子：掮着亚麻色的野兔）

二

瓦顶下，锈色土墙暖和起来
柏树皮在墙脚码了两尺高
花猫在上面

安逸的睡大觉
胖母鸡身后
绿尾巴的大公鸡迈着阔气的步子

三

他挑着津湿的水桶从山腰回家
胀鼓鼓的桶肚子
泉水洒在白亮的路面

黑色潮湿的斑点
而她，把雪白的面粉捧上案板
长长的头发散在背后

圆形喇叭贴在墙面蜘蛛般地喊
她朦朦胧胧分辨出熟悉的女低音
讲着中江话

四

用木棒在冲冲响的山涧
把衣服捶得透亮
弯身翻晒滚烫的小麦
她大米般的牙齿试着干湿
他穿一条短裤衩坐在凉冰冰的阶沿
埋头修凉椅

时而敲敲，把刀弄得很响
小狗摆弄他的锤子
他骂道：“嘿，骚货。”

五

两口子守一份寂寞
很有点得意
他们种地、看羊子、着急丢失了小鸡

雨天没什么活儿，埋进软和的草堆里
做爱。我羡慕这一对
天黑拉灯，停电点肮脏的小油灯

1992.5.27

我想回家

回到事物本身
——胡塞尔

我家在射洪一条深长的山沟。
我想见那只纯白的大狗
从麦地飞快跑出
前爪攀到我的肩头
把衣裳弄出些狗毛味儿；
它白而尖的牙齿
在手臂留下痒痒的暗印儿；
烫乎乎的猩红舌头又薄又嫩
舔舔我的手指。

爬满四叶草的小河，
两岸的槭树还小
放牛老伯拉着牛绳。
那是头黄牛，甩着尾
啃着浅浅的铁线草。
我一时分不清辈分
支吾着，红透了脸：
“你老好啊，还这么硬朗。”
“还是你好，娶媳妇了吧？”

那个瘦小女人是我大嫂
她演李铁梅。
喜欢用长长的芭毛编兔子。
她不声不响从黯黑的灶屋出来
红红的手搓着围腰：“三弟。”
我说：“大嫂，我回来了。”
坐在柏木凳上抽她递给我的“三角”烟
在乡里，这是上等烟草。

小侄儿属马，年岁还很小
差不多跟白狗一样高。
站在我面前喘着粗气，
满身满脸汗水污泥。
他玩的是我小时候玩过的游戏
在地里打仗，用石瓦造房；
造的可是楼房，比我当年得好。

老爹在这条沟里算得上老，
赶场看戏跑十几里。
谁都知道他有我这么一个儿子，
我有他那么个老爹。
小伙子在河边看见他
冲着他耳朵喊：“大爷，您真福气。”
他站住了，大声地“服气，服气！”
他以为人家问他当天的戏。

邻居梁二婆养了一辈子蚕，

小时候，我爱坐在蚕房的石凳
看她弓着身把白胖的蚕儿，
移到石灰味浓重的簸箕；
高大的蚕架，小家伙猛吃的声响
引得我也想爬上去尝尝。
如今她是顶老顶老的太婆：
雪白的头顶，灰暗的眼睛。
我喜欢听她唠叨该死的风湿病。

绍田是地主的儿子，
叫“地主子女”。他犁冬水田，
牛在前面慢慢走，
他在后面慢慢走，
长长的腿和牛的一样黑。
水淋淋的脚印印在灰白的田埂。
晚上，他守保管室，我

偷偷逃出家门
挤上他悬得高高的小床，
听他讲《三国》。他的脚
很臭，被子又薄，喉咙小声讲
睡着了，我就掐他的腿，他又讲。
他要反刍，我用被子捂住耳朵。
后来，我觉得那声音好听：
给故事添上奇怪的节奏。
他没讨上老婆，只能一个人过。

就这样，我尽想些土头土脑的事
我甚至想，墙角下我弄死的那些蟋蟀；
我穿过的船一样大小的青布鞋；
我骑过的狗。拔断的邻家的竹笋；
我打过的妹儿的苍白的小脸；
再说一遍：在这个城市里，我想回家。

1992.3.16

篱 笆

我们的园子围着篱笆
弗洛斯特说
好篱笆才会有好邻居
在我家乡可不这么看

园子里种着萝卜白菜
园子外是我们的家
我去那潮湿的一隅挖曲蟮
我还随父亲育苗、搭架

现在，我离开父亲二十多年
他仍在园子耕种
忘记了自己年纪一大把

夏天的篱笆开满红色白色的花
摘下来，插入盛满泉水的陶罐
放在窗台

黄昏时篱墙下吟唱的蟋蟀
引诱我冒险
一条长满花斑的蛇
快速从脚步边溜走
留下恐惧和惊吓

天气晴朗
碧绿的园子，灿烂的阳光
老鼠和甲虫，蝴蝶和蜜蜂
把我们的篱笆当成家

夜晚有星星、月亮
还有露珠顺着叶片滴落的轻响

一代代人细心养护，不管经历什么
我们的篱笆围住园子
从未倒下

不久前，听说一位移居荷兰的画家
用中国画的颜料画篱笆
这使我震惊

我不知道他是否能画出我家乡的那种
有些潮湿，有些低矮
在记忆的门楣上
镌刻着旧时代的色彩和声响

1999.10.20

锯 子

我想起那把锯子
它曾挂在农具室里
搬家时打算扔掉
父亲把它留了下来

他说，这是你祖父传下的
祖父是什么样子
我没见过
想象他，就凭那把锯子和父亲的样子

（祖父用它解木头
细细的木粉
一定又滚烫又芳香）

锯片已经很窄了
仿佛一碰就会断掉
锯齿却还锋锐
似乎还能吐出犀利的言辞

可那些长长短短的木头呢
那些芳香的木粉呢
它们都去哪儿了

它们和祖父在一起

和永恒在一起
可是，我不要这个永恒

后来，父亲同我们住到了城里
住不了多久，他又要回乡下
他说不出什么理由
但就是要回去

乡下的房子早卖给了邻居
父亲并不清楚

回来时，他说
我们的房子还好
你爷爷的锯子还在

2003.10.15

许多事物都有不同的气息

我还记得我那碧绿的乡间
许多事物都有不同的气息

比如耕田的铧犁
带着一股隐约的腥味
铮亮的铧面有几点锈黄的水迹
它显得无声无息
呆呆地倚在屋后的墙壁

那小河边金黄的草垛
堆得高高
像给碧树穿上的裙裾
它有一股稻子的香味
和着几分淡淡的霉味
它的影子在河里洗澡
河里的天空又蓝又高

陈年老调的纺车
已不再转动轱辘
圆圆的身躯，灰灰的面皮
留下桐油味的污迹
它早已退休，在屋角躺下
“你们不再听，我也不再唱
只有那长逝的老祖母才会欣赏”

那养蚕的簸箕
总有股刺鼻的石灰味
奇怪蚕儿那么秀气的生命
居然不畏这么尖利的气息
白胖的蚕儿吃着桑叶
白胖的蚕儿静静睡去

那地里的花生
带着淳厚的泥土气
那坚挺的玉米
带着太阳的灼热气
蹦跳的狗
带着一股骚气
弯曲的路带着一丝牛尿气

我的茶已沏好，凳已抹净
我派遣我那敏捷的诗句
衷心邀请，碧绿乡间的事物
欢迎你们光临我城里的蜗居

1999.10.26

铁门堰

铁门堰黑暗的石桥下
沉重的铁门测量河水深度

鲫鱼在灰暗里
翻动白亮的肚皮
有时碰碰铁门
倏地转身

水草封锁河面
蹿起绿色的火焰
而白银从门缝射出
潮湿的轰鸣
淹没山谷

有人栽树，把自己插进泥里
果然一代代抽芽
我也在那儿降生
好奇地用竹棍戳水底的星星

父亲警告我
别待在那儿，危险
我从童年经过
不喜欢那儿的风景
望着彼岸，拔腿就跑

2002.4.25

岸

我一身是泥
怀里揣着鸟和玉米
向涪江以北上岸
岸上儿子的笑脸挨着妻子的苦脸

我把诗歌塞进鞋底
乘8次特快去北京追生活
火车没有出轨
我却掉在成都东郊的沙河
市长扛着钱袋在沙河清淤

混了半生，终于明白什么是自己的黑暗
那就是在黑暗中你不愿去认同
我睁着散成钱币的瞳孔拐进牛沙路
忘了带钥匙，我的铁门紧锁

借着灯，照了照邻居门前驱邪的镜子
四十岁，脱发
而我的同学最近又有人告别尘世

2003.10.31

斑 鸠

房子后面的竹林
栖息着一对斑鸠
好些年了
并不打算飞走

白天远远飞去觅食
临近黄昏
便听见翅膀扑打竹叶的声音
那准是它俩还巢了

夜色笼罩
它们才安静
借助月光
我和二哥用木梯偷偷去看
只见头挨着头睡得很香

春天生下暖呼呼的蛋
搁在浅浅的鸠窝里
风一吹
摇摇晃晃

有时它们不一路还巢
但总能听见忧郁的啼叫
直到另一只的扑翅声响起

活着

而不去要求更多

所以能安享日子的快乐

2002.4.8

泉 水

决不会从别的地方流出
整座大山就那么一个泉眼
四季听到淙淙的水响
却很难从树缝窥见泉线

一湾的人畜都用这泉水
竹槽从半山直达院子
每一家厨房外月亮般的水缸
清冷冷的泉水满满溢溢

从身体的每一地带
以及双唇闪亮的牙齿

死去的人回归这山系
包括我母亲，去年冬月十五作古
先人的灵魂安置在那里
黑魆魆的柏树林深处

来处流来，又从来处流去
我生命的泉水
是其中的一滴

2002.4.12

捉笋壳虫

胖乎乎的新笋有半人高
而有的刚好才涨破土坯露出个尖头
这时笋壳虫还在睡觉
需要安静地等候

大多数新笋都两米来高了
脚下笋壳的鳞片欲褪未褪
金色闪亮的小甲虫探出头来
呆头呆脑，看不到危险
向洞外
缓缓地爬
对春天
玫瑰的阳光有些惧怕

苦命的家伙在瓦罐中紧张地缩成一团
似乎明白过来
它们的命运拴在一个人的手指
急切地想逃脱

十多年没见过抽芽的竹笋了
这一刻，我正随着车流赶往北京市的中心
陪朋友办去美国的护照
我看见

另一只瓦罐中
各色的甲壳虫屁股冒烟
慌忙地爬来爬去

2002.3.26

土地堡

三个黄金般的草垛
胖乎乎地耸立在土地堡
我把迟钝的大水牛拴在那儿
它要吃草
要晒晒冬天的太阳

母亲说
你好好给它刮刮
这我喜欢
刮牛就数我在行

它嚼着草
尾巴晃来晃去
一动不动
眼睛微闭
尽情地让我给它梳理

它是大小姐呀
有这份福气
享受主人的伺候
默默无语

我把屎尿打扫得干干净净
梳亮毛皮

现在，我的活全干好啦
好好吃吧
好好晒吧，大小姐

我要去土地堡脚下看看土地爷
神龛里的它脖子挂条红
香火灭了
油碗空空

我弄不清它如何保佑
这土地样样生长
山峦起伏
河湾里碧水长流
老人们说了
千万动不得土地爷啊

2002.3.26

罩麻雀

准备大大的竹筛
撮来金黄的谷粒
雪下三天了
乡村一派银白
正好去雪地罩麻雀

一只从房顶飞来
啄啄停停
进了罩里
大群同伴便扑扑而下

罩住的鸟儿急得晕死
我们慢慢拣出
热乎乎的身体颤兮兮的
我想，还是做人好
庆幸自己当初没变成鸟

过了三十岁，我才发现
生活四季天天都下雪
我试图亲手制一件毛衣
却将织针拿成了一只笨拙的诗笔

2002.4.17

幸 福

嗡嗡的蜜蜂
离不开油菜地
麻雀喜欢叽叽喳喳
从这一块飞向那一块

碧绿的山村贮满金子
梯田由沟底直到山坡
阳光照耀
黄金的田亩

杜宇在山头布谷，布谷
只有它才是先知
比老农懂得时序
平田，撒谷

鹞鹰在蓝天盘旋
母鸡领着小鸡飞奔躲藏
妇女挥手驱赶
扛犁头的说：“别怕，叼不走你那”

新鲜的竹叶在哆嗦
黄牛舔舐它冬天生下的犊子
麦田里薅草的女人辫子盘在头顶
鲜红的毛衣脱在田埂上

漆黑的房顶
雪白的墙
矮矮的栅栏
光洁的门楣上燕子飞出

2002.4.14

核桃树的干树枝

冬天的干树枝
嗖地落到清洁的石坡上
我丢开手边的活儿
跑去拣起来
树枝上有那么多小树枝
带点劲，它们断得干脆
声音像晃动一把钉子
我甩在石坡上
又听到钉子声
第二天早晨我绕过竹林又去那儿
石坡上什么也没有
我看见一只黄蚂蚁试图爬过去

1991.6.21

安 详

太阳把拦河堰古旧的石桥晒得发烫。
青蛙在荷叶上喘息。
大梨树结满金果
垂下沉重的臂膀。
密匝匝的稻田冒着热气。
小河边的树枝上晾着衣物。
螃蟹在洞门睁大双眼
听见一声吆喝
赶紧钻进洞里。
老桑树长出浓浓的碧叶
根深潜在泥里。
水凼里大牯牛一身污泥。
山坡多么碧绿，连接着梯田
更加苗条的玉米地。
门前尽职的狗微闭双目。
母鸡在竹林梳理毛羽。
村前高高耸立的一对石包
像两个黑暗的神祇。
天空瓦蓝，一朵白云在缓行。
拥有大地的人和大地一样安详。

2002.4.8

担柴火

玉米早已经摘下贮藏
剩下的苗秆晒得金黄
一捆一捆站在地边
余有太阳热乎的芳香

我用长长的扦担
挑回家，趁着夕阳的余光
温热的空气在变凉
夜露将降，我必须马上

有好几趟路要赶
忙活儿得抓紧时间
黑暗淹没山村
灶膛中柴火闪着光焰

不同代的人为着相同的事
父亲把活儿传给了我
无论怎样
天黑前得担回柴火

2000.4.17

记 忆

泥蜂喜欢破旧的泥墙钻洞
有一种食木的小飞虫把阶沿的柱子当成了家
老鼠偷偷爬过房梁
麻雀的窝在墙洞里
猫睡在柴堆晒太阳
懒洋洋的狗睡在门前耳朵贴在地面
鸡栖息树枝上
一只老吃不够的公鸡在地上觅食
喜鹊在椿树筑起高蹈的巢窠
牛蹄印灌满五月的雨水
把天空和山峦映照出来
大人和牛在地里忙活
村子里剩下这些

2002.4.9

借斧头

去梁二婆家借月亮般的斧头
父亲要把苦楝树劈开
码在碾子旁
春天尚未出头
油菜花金黄

我穿过幽暗的竹林
踩得落叶沙沙响
突然，扁担长的花蛇
懒洋洋横在路上

我吓得挪不动腿
脑子像冬水田，一片白茫茫
父亲正为我的不中用着急
准备了长长的条子请我

急冲冲，满脸怒气
见了这一幕，对我免了礼

三十年过去，梁二婆活着
父亲去世了，我也在变老
只是那条蛇，还是那条蛇在爬行

（乡俗：蛇当道主凶）

2002.3.26

黄篾和青篾

整个下午，和友爷忙着花篾条
蓝色的长衫拖到地面
手中飞扬的篾条一面金黄一面碧青
发出刷刷的声响
吐出新鲜的竹香味
襟前洒下大片细屑

有用和无用黄篾和青篾分放两堆
看着长长的篾条
我忍不住想偷几匹

院坝边银杏还未落尽黄黄的叶片
核桃树黑铁的枝丫伸展在天幕
院子里剩下各家的草房
大白狗酣睡在草堆

大人们忙着在地里种小麦
我毫无希望，走向土地堡
吴绍奇挑着粪桶来了
冲着我吼："好狗不挡大道！"

2002.3.25

簸小麦

从麦堆上撮起大瓢的小麦
必须把糠壳和尘土簸尽
粒粒麦子饱满结实
在簸箕里跳着荡着
发出刷刷的脆响
春末，玉米在地里疯长

盛麦子的巨大的陶瓮
隆起紫黑油亮的肚子，一动不动
它的胃口真好啊
那么多的麦子全咽下

得把陶瓮的嘴严实地封上
四川天气潮湿
弄不好过不了冬就要蛀虫

整个下午忙着这件事
院子里邻居赶场去了
一把铜锁捂住双扇门的耳朵

太阳走得真快呀
留下一束玫瑰在橘树林边的小河

2002.3.31

养 鸡

我得把桶盖揭开
盛上黄亮的玉米
这是开门的头件事
伺候那群急不可耐的鸡

我还得去园中摘厚皮菜
拌上麦麸
在木盆里切得细细
我得给鸡圈做做清理
新鲜的鸡粪送去自留地

我得往木槽加水
从山上引来的泉水
我干活不计工价
乐呵呵地献着殷勤

知道吗，那是我家白花花的盐
那是我家亮闪闪的灯
寂静的黑夜
我家的油灯比井口边的玫瑰还艳丽

公鸡引颈啼，母鸡在梳理
刚蹦出壳的小雏
挤挤窜窜，躲在老母鸡腋下

2002.3.28

过　冬

时间一步一步往前迈
又到了灰普普冷飕飕的冬天
我懒得出门逛田野了
待在屋里，烤烤火，翻翻书
给朋友的信也懒得写啦
从前那把橘红的吉他
跟我也算倒尽了霉
浑身灰尘，在墙上高挂

说句老实话，我这个人
容易满足，坐在藤椅里
端杯热茶慢慢地喝，也就高兴
不像前些年，到处跑，想着干一番
写诗的事儿，也不那么带劲
有时候写两句，更多是一句也不写

屋子里安静得好
四面是书，我在中间走来走去
中午睡个小觉，晚上停电就点蜡烛
该爱的，再不那么疯兮兮
该恨的，想去恨，也急不起火气
一切就那么个样子，无论我们怎么办
苍蝇总是苍蝇，老鼠也终不会变成狐狸

1993.2.16

农 具

这间不打眼的小屋子
搁着各种各样的农具
板锄宽大的锄叶
把角落映得亮闪闪的

那把修长的条锄
是祖父打柴换来的
我用石块磨尽锄面的黄泥
现在，祖父死了
它却安安静静靠着墙休息

青冈木的锄把磨细了
闪着桐油的光泽
一圈套一圈的花纹
正好分辨它的年岁

蠢笨的犁头和大个的耙
它俩合作算得上亲密
犁翻出大块的土坯
耙就用爪子捏成细粉
到了春天，薄薄的雪下
转动豌豆苗水灵灵的眼睛

那两只柏木劈的粪桶
箍了两圈生锈的铁丝

挺挺的大肚子一动也不动
闻得出这两位胖太太
有股野棉花泡的粪水气

挂在墙上的那玩意儿
是使牛的枷担
它是那样的光滑、油腻
还有点点黄牛血
和一股刺鼻的牛皮味儿

那把小巧的牛刮
我顺便提一提：冬天的正午
我站在金黄的草垛下
用它把牛舔得乱糟糟的皮毛
梳理得整整齐齐

那个深深的墙眼儿
两只麻雀做了窝儿
生下五个暖呼呼的蛋
长满灿烂的花斑

这间不打眼的小屋子
带给了生活幸福
现在，我得把门关拢
并且，时时留心看护

1993.1.19

下雪了

下雪了，感谢生活又变了一点
屋子不再黑暗，我坐在窗前
椅子嗄嗄直叫
大片大片的雪花
落在中江南部的田野

我点燃大块的松木
掰着黄澄澄的松脂
掰了一大把
松木上水点嗞嗞响
吐出浓重的森林味儿
吐出细细的猴尿味儿
和夜莺的粪便味儿

雪，下吧，下吧
我往火堆里添柴，读朋友的信
火燃得真快活呀

雪停了，也许见我忙乎乎的
喝得一脸通红，不忍心和我
对着干吧！这我不管
忙着生活就不关心别的事
别的事，不在眼前哇
未来的，看不见

看得见的，又不是未来

哦，谁在敲我的门?
该不是雪地里窜出的松鼠吧
看来生活又得变一点
从这件事，我得移向另一件

1991.12.15

我得去打一些泥鳅

我得去打一些泥鳅
去那明澈的冬水田
我那小猫没什么好吃的
这阵儿，她正躺在谷草堆
懒洋洋把漂亮肚皮让太阳晒晒

可别以为她是个小妖精
好吃懒做
给主人添麻烦
忙了一个长长的夜晚
这阵儿，也该她闲闲

大大的尾巴
尖尖的耳朵
如果你走进我的小院
请招呼好你嘴，招呼好你的脚
小心大喊大叫把她惊吓

1993.3.12

去田埂

田埂上薄薄的白霜啊
来得真有些早啊真有些早
带着枯草的腥味儿
和稻茬的霉味儿
带着湿淋淋的尘土味儿
来得真有些早

从这僵冻的麦地
到茫茫丘陵的尽头
我知道
躲在泥洞里的虫豸都逃不掉
都逃不掉

我知道，明年
布谷鸟会早早飞落我的房顶
抖动身子，大声啼叫，撒下一丝羽毛

1992.1.18

柏树林

劲风无荣木

此荫独不衰

——陶渊明

黑乎乎的那片山洼
是我的柏树林
算起来快六年啦
他们长得密匝匝的
记得那年秋季
天细致地飞着雨
我披了蓑衣，穿着长长的水靴
在齐膝的青草里
找寻栽树的空隙

草太嫩气了，我不忍心下锄
对她们说：“我会小心
不伤你们的根……”
她们不说话，只摇摇头
山野里听得清
我的锄头啃进泥巴的声音
每一个坑里我扶上一棵苗
并且告诫：“直直地长啊
直直地长……”

你看：他们没负我的心意

后来，迁来了几窝喜鹊
在林子里生儿育女
这，我可没奢望过！
小儿女长得漂漂亮亮
在枝头跳来跳去
不知为什么，我就爱看这些鸟儿
在我的林子里
跳来跳去

这把磨得雪亮的弯刀
我用来把枝柯整理
不久会降下一场大雪的
整个山野盖个严实
你会看见，我的树
像一群黑色的神祇
笔直地站在雪地中
笔直地

1992.1

种玉米

归我们家种的是几亩山地，
还有七分水田。
种地，轮到我大哥和大嫂，
这几天，他们割麦子
忙着翻地。

太阳把土块晒得像饼干，
用锄把一锤，溃成细粉儿，
今天一大早种玉米。
雾从几十里外填满山沟，
是不是也接到了
种地的消息？

大哥挖窝子，
我大哥是个大胡子，
用锄头算得上对行，
就像我给朋友写信
一个个飞快地落在纸上。

大嫂跟在后面，挎只撮箕
送干粪，下玉米。
每窝三颗，一颗不多一颗不少。
黄又亮的玉米落在松软的坑里
发出小小的扑哧声。

我看见她数玉米
想起她赶场回来在油灯下
数镍币，手指轻盈滑动。
我呢，用大勺子给玉米匀点清粪水，
拨些土盖上，只能是暮春
盖被子那么厚。

粪桶以前用自家山上的柏木劈，
现在买胶桶。
这阵儿，红褐的胶桶晒热了，
在地边发出烫乎乎的怪味儿，
我禁不住动了动鼻翼。

十来天，新苗刷地钻出干巴巴的地面
站着
你真有些不大敢信
这么枯寂的泥巴里
居然长这么嫩气的东西。
我们坐在地边，坐到晚上九点，
蟋蟀的叫声划破清凉的空气。
我们一直看着
苗儿在细风中轻柔跳动。

大哥向我说："老弟，不要写你那
悖时诗了，跟我种玉米。
况且，你也晓得，

这个来得快，又好看些。
到七月间，我们一家晚上坐在院坝
剥玉米，打瞌睡
你还可以教你侄儿几句顺口溜。”

1991.12

玉　米

我们习惯把玉米剥下来晾晒
整个夏天，山沟里铺着晒垫和簸箕
黄澄澄的玉米并不容易晒干

妇女、男人和孩子
变成玉米的颜色
忙着贮藏
柜盖和仓盖一齐打开

只有蝉保持一份高高的优雅
在酸枣树巅哼唱
凉风翻转一片片树叶

扇着扇子
客人在堂屋等待主人从仓房出来
他从城里来，衣裳有股香皂味

剥玉米最能干的数一位大辫子姑娘
清晨她去露湿的水边割草
她出嫁得早，家在涪江边

1996.7.16

收到朋友来信后

老朋友来信说，过几天要到我这儿来
得赶紧把这消息告诉我妻子
橱柜里的酒一搁就是两年啦
这下，得拿出来看看

客厅里要添置一张小床
那张破沙发，另找地方放
儿子太野，得教教才是
我可不喜欢脏兮兮的小东西
在朋友身上爬来滚去

往日散步的小路怎样了
还能走到广大的田野去吗？
我担心老天又是雾蒙蒙的
到时候，夕阳啊山野啊什么也看不清

听说路边那棵老黄桷树快锯了
这真是伤心的事情！
要是再等等，哪怕再等几天也罢

我来把窗玻璃擦亮
把窗幔拉开，让新鲜空气进来
把凳子抹好
书也摞得整整齐齐

1992.8

书 房

我的房子已破旧多年了
大大的窗框，风化的
窗台上暗黄的尘末
而我的窗玻璃还十分明亮

我的桌子没有一丝灰尘
坐着一盏中亚牌台灯
几本刚刚到的书紧紧叠摞
她们有些怯生屋子里的气氛

秋天和春天的风嗓子特别清朗
不等接到我的邀请
从墙缝溜进，对着我唱
也不想想，我爱不爱听

夏夜的壁虎驱捉蚊虫最周详
我读书，她巡视在淡绿色的纱窗
她听懂了我的话语吗？
她会不会喜欢我读的这些书呢？

老让我难堪的是蝙蝠
喃喃低语
在我窗前旋转漂亮的黑裙幅
粪便呢屙在窗台上！

我满满的书橱站在角落里
心情沉重，默默无语

那是我的闹钟
圆圆的面庞
她泉水般的心
准时清脆地歌唱

另一个书橱，没有上漆
样子特别蠢，有客人说
“太难看了”
我要的就是本色，没关系

我有几张凳子，朋友们也清楚
小儿子弄来当马骑
我妻子喊到“轻点声”
可孩子总该有孩子的乐趣

我的门常关着
朋友们敲得很轻很轻

1992.9.30

过去的

我们用木瓢舀水
用砂锅煮食摘回的豆子
堂屋的门宽大结实
一对门环，一把铜锁子

锃亮光洁的大方桌
招待过我的舅父和姑父
他们来自小镇和乡村
都是健康诚实的农民

我的奶奶儿孙满堂
白发苍苍
她有一双清朝的脚
她有一根民国的拐杖

而我的三爹是入朝的自愿军
腰部光荣地负过伤
去年，我去他住的县城看他
他已面目迟钝，两眼微茫

啊，那些童年时代的小伙伴
像鸟儿，自由、美丽的小伙伴
他们是我的堂哥或者堂妹
都已老了，一生像泥土黯然无光

啊，我还能听见他们的声音
看见他们破旧的衣裳
我真要跨出门去大喊一声
集合起来，捉我们的迷藏

我抚摸着陈旧的家具
这是我坐过的石凳
这是我临眺的小窗
却怎么也想不起我过去的模样

天在黑下来
屋顶上有露水的清凉
要是在以往
我们的桐油灯早已点亮

1996.11.17

回 信

二哥，读你的信，我很伤心
我是你的小弟，理解你的心情
地，还是要种，不管怎样收成
传说中的神农，主张力事农耕
种地的受苦，从那时就开始
并不只在你这一代人

那两亩桑树，可不要挖了
明年茧价或许会回升
那几头猪也不要卖
没粮给它们喂，就请它们吃草
它们是你的家底子，我知道

房子破了，快及时修补
不要让二嫂和孩子们淋雨
夏天就要到，决不能让它垮掉
二嫂的病，只有慢慢治
吃吃中药，炖几只母鸡
请她安心养病，不要担心生计

叫上缴的钱，一定按时缴
我怕你又挨罚款，你的弟弟
不忍心听到你被乡干部捉去
我送你八个字，一生都要记取

忍辱负重活着，强打精神生活

父亲分给我的那几件家具
你赶快拿去卖，拿去卖吧，没关系
这辈子受苦的人，下辈子好过些
老弟是明白人，哪里会欺诳你
这张汇款单，是小弟一点心意
好好生活，咬紧牙生活，多给我写信
问候全家，代问左右邻居

1993.9.30

蓝水井

蓝水井在我家不远的菜地旁
方方的井口，深深的井眼
井台上青色的宽大石面
已洗磨得光滑、湿亮

我弄不清有多少年了
反正在我记事的时候
人们就叫它：蓝水井

祖母说，大清朝的一个月夜
一位拉胡琴的盲人，在村头
拉了好几天的琴，又悄然离去
月下，黑暗的山脚
涌出了碧蓝的泉水
我们相信，没人去考证故事的真伪

但我知道，确实有一年天旱
整个山村旱得像一堆石头
一位外乡赶场的妇女牵着小黄牛
从井边经过，喝了个痛快才走
牛和她都眼红我们的蓝水井

后来，我爱去那里等待
我发现，水井里

夜晚的我不是白天的我
而祖母在一九八四年去世

如今，当我穿过城市的玻璃旋转门
把银亮的咖啡匙放在盘子间
坐下来，双腿叠在一起
我仍能清晰地听见蓝水井的黑石缝
常年浸润而下的粒粒水滴

那金子般光亮的响声
有时是叮，有时是咚
清醇的高低音起伏
消逝
直到我记住那蓝色

周围是黛色的瓦屋
比祖母还年迈的核桃树
干草垛下站着迟钝的牛
菜地里笔挺的洋葱
遗憾它们不知道旁边就是
蓝水井

1995.9.8

金华镇

一个江水如带阳光照耀的地方
一个山如铧犁古柏苍苍的地方
青色的瓦顶屋连成整齐壮丽的一片
燕子和鸽子麻雀和喜鹊在上空盘旋
十几棵榕树撑开巨伞点缀其间

石板路通向水井台
水桶街直连小河边
读书台的石级数不清
黑水壕的涪江水当墨蘸
这是大盆地中部乡间的古城
童年乐园：金华镇

阳光下，江边的妇女们用木棒捣衣
小孩子在水中嬉戏
垂柳飘荡，翠鸟掠过水面
飞快地逮起细鳞鱼

挑货的小贩穿过小巷
铜铃叮叮当当，红丝线，绣花针
花纽扣，小木梳……
他的口袋里有一堆响当当的银币

我们在江西街卖紫红圆亮的桑葚

我们在兜率寺里听经书
我们在文昌宫里拜孔圣

新铺的大马路碎石又白又亮
漆黑的夜晚，我们在路边的石堆
抓起大把的石子抛向路面
马路上立刻窜起闪闪的火花
发出清脆悦耳的声响

路边的马厩里有好几十匹身子肥壮的马
白的如雪，黑的如墨
还有青色和黄色，静静地吃着
马夫倒在木槽里的碎草和粮食
肥壮的臀部有时会颤动，是那么俊美

看着它们竖直的耳朵
和轻轻点在地面的细腿
我怎么也无法弄清那大尾巴上
长长的马尾一旦绷上弓弦
便发出好听的音乐

姨母家住在这水城边
夜眠醒来，听见马路上风快的车声
我便盼着天色早一些见亮
路上的汽车多是带拖斗的大卡车
而白色的客车像移动的楼房
速度个个不同

样子却一样壮美
有一次，我被汽车的轰鸣吓变了色
但依然躲在路边胆怯地守望

姨父在航运社工作，据说是位舵手
他很少回家，一回来便在躺椅上乘凉
摇着团扇把水边和大城里的故事
对我和表兄弟愉快的分享

姨母读过八年旧书，坐在一旁纳鞋底
缝衣服，有时用几个生动文雅的词语
帮着姨父把故事描述，望着他
黝黑赤裸的胸膛，我渴望长大
行走涪江上

姨母是蔬菜社社员
我们乡下一家羡慕他们
吃上国家的供应粮
姨母种下的白菜又大又甜
洋葱在垄间举起球状的花朵
我偷偷地摘下，放入流溪

表兄的兔子飞快地在屋中躲来藏去
当它们壁立窥视我的动静
眼睛就变成红艳的一团
胡须颤巍巍，鼻孔翕动
前爪紧紧缩起

我们去河边摘来槐树叶
它们快活地争食

水井湾的泉水四季哗哗流淌
晨雾还未破除，喇叭还未显声响
井台上就有汲水的绰绰人影
而远处乡间赶场的村民
在井边的榕树下饮水，歇气
不停地讲述左邻右舍和庄稼地的故事
面前是跳动的水花，澄澈的小溪

酒厂里飘来曲酒浓烈的芳香
那深不可测的大锅，冒着重重白气
仿佛可以将一个个国王装下
我去那儿用高粱替父亲换酒
回家的路上，忍不住喝了一口
喉咙里火辣辣，似乎在冒烟

越过橙子树的枝头和一片古梨树
闻见酱园子里沉甸甸的麦麸香
万家酱园摆放那么多巨大的坛子
坛边生出碧绿的野草
蟋蟀在丛中鸣叫

过世的园主万闻山是乡里的绅士
一个正派的读书人，写一手漂亮的毛笔字
他父亲去世，这个衣着讲究的斯文人

居然号啕大哭，在地上打滚
算命先生算他不能送终
这回果然灵验

他被划为地主，一生讲礼
受人敬重的书生被活活打死
他是我妻子的外祖父
他的一位学生后来成了驰名的书法家
但我们没见过他

金华山的读书台是陈子昂读书的地方
这位唐代的大诗人早已仙逝
空留他的遗迹给我们仰望
乡间的父母想儿女成才
成群集队提着红公鸡磕头烧香

我的舅舅教会我吟诵他的诗句
不厌其烦重复他半人半神的故事
我心里想，做人当和陈伯玉一样
我抚摩着石刻的诗坊
好奇地望着那些僵直的诗句
雨点擦着低低的云朵
洒在了灰灰的回廊上

透过树缝俯视山脚下雨中飞逝的涪江
我希望见到陈子昂舞过的雪亮的剑
他读过的书到底是什么模样

后来，我离开了家乡，我的教授
胡须刮得干干净净，细嚼慢咽
将《登幽州台歌》评讲
我静静地听着他夸张的语气
却怎么也吞不下他塞进来的
一碗马克思主义面汤

我没有去过幽州台
后来，我写诗
学着现代派的模样
尽量的晦涩和佯装
读着几本书，昂着头远远地离开人群

后来，我才变得平淡
缓缓地述说普通的事物
以至于今天，傻里傻气
把金华镇
回忆

1997.10.22

休 假

我坐在窗前修改旧作
它们像我的老友
熟悉而又平淡
院子里，孩子们在做游戏
喧声动耳

天要下雪了
谁都感觉得到
谁都没有说出

门窗紧闭
家里暖烘烘的
妻子在厨房里
屋子里飘着煎饼的香味

我喝着浓茶
小声地放着音乐
字斟句酌，不慌不忙
时而有电话来扰

又到十一点半了
儿子快放学
我期待着他的敲门声
盼着他重重地扑进我的怀抱

1997.1.23

县城生活札记

县城

原本就是个吃饭睡觉的地方
饭店和正在打折的成衣店挤在一起
为时尚和烂醉出具证明

建筑老板递眼色
邀约悟性急迫的县长
用贷款码出城市
难看的新街换下难看的旧街

从田野涌来的人终于住进水泥楼房
哦，好生活原来就是不断搬迁
要从地面
搬到空中

楼有多高欲望就有多高
钱有多少尊严才有多少

麻将和茶证明了
一：是活着；二：是有趣
能弄到小科长也令人羡慕
行情看涨；最便宜的是人的尊严

所有被蔑视的都遭到了蔑视
前任书记被逮，数百万元巨款查成了数万
相对的廉洁把他送进罗江绝对的监狱

但堕落和卖淫不再耻辱
耻辱只属于贫穷

2006.4.27

又换县长了

一定是又换县长了
街道又在开挖，去年才弄好的护栏撤了
还未长成的绿树被拔起，卖到了外地

红绿灯要换成红绿灯
水泥路要换成水泥路

县长，谁是县长
县长就是想怎么挖街就怎么挖街的那个人
人民，谁是人民
人民就是不愿看县长挖街也得看县长挖街的那群人

2006.4.15

中江县

编年史的词序是栖县和玄武
清代更名中江，和平乡的开愚
在诗中深情描述的短暂故里
注定成为我终生的客居地
十余万人的城，一百三十万农民

钢铁围墙粉饰一新，县府挨近人民路
阶下跑着踩三轮的人民和馒头小贩
八字先生改变门前因木成困的前任花园
新县长亲自在重建的草坪挂起葡萄灯
下午喝茶。商人不知香港是哪个国家

昔日不过是武斗和放电影的阔坝子
更早，田颂尧率美姬驻军
六十余亩的宋代灵皈寺毁于“文革”
古籍靠大火烧了三天

省城来的张县长宣布他支配国有资产
猝不及防的明代城隍庙卖给莽石匠

孟翰林的家祠预制板替换了读书声
危险的商品房接纳广福迁来乡下人
而他的子孙有幸，在县医院谋职

工厂破产，下岗女工舞厅就业
农业小寡妇遗弃在城市的周围
边缘溃烂，化脓，恶臭的淤血直达凯江

银行讨口子追尾贷款富人
官员们忙着出台政策，盖章
眨眼睛，三十万出任大局局长

警报遍街跑，兴奋的人民信以为
这回有了出气孔
丝绸公司拍卖丑闻中央台曝光

我的乡干部学生打的从谭寿到成都
捉拿超生妇女
那儿走出共和国的部长

苏舜钦曾歌咏铜山一带温良的小兄弟
围攻县府的屁股，把乡公所的门窗
砸个稀巴烂

除了因张献忠在明代屠城
历史上没有大起义（只有呻吟）
客家移民上世纪中叶出了个黄继光

官员由德阳派来，都将被县志编纂
矛盾遗产改制成潜伏的炸药配方
数十亿元的赤字等待乡村子孙暴发

土地干涸而不再流泪
凯江河道却急促变宽，不是为水
而是为攥着钱袋迷恋基建的县长

吃垃圾的人在大北街，在黑窝子
在杀牛巷，裸露肮脏的阴茎

花朵唯美的下一代趿着产地广州的时髦拖鞋
露出肚脐，背着书包聆听港台舶来的小调
无边无际地在大街闲逛

灰尘和车辆抢道
艾滋病悄悄从南渡口登陆

卖力气的盲流省下打电话的角票
从东莞寄回了农业税

大地荒凉
不是为庄稼歉收人心似铁

新童谣诞生：“读书苦，读书累
不如加入黑社会”

长蹼而又偏要飞翔的家长送子女
去绵阳，梦想都在别处
今天却是尘灰中的现在

却还有人写字，卖酱油，画葡萄
梦想的建行女孩削尖脚板留学法国
写小说的旧友改行去电视台打麻将

万州船来的曾成浩是县坛文豪
崇拜窦文涛，难得他乡音不改
最近又信奉李敖。步态缓慢的涂继成
突然发明人才股份制，在利薄的御马
棉纱里领悟佛学的真谛

一个叫蓝云的医生从文殊院恭敬地
请回显宗典籍，安放在北门
张守泽注定成为书坛战将
大败县城同类，雄踞德阳

御马河从三台流来
凯江河从安县流来

2004.4.30

一个无产阶级的怀旧

去年，一个无产阶级掉了两颗门牙
背着一背篼的债务
准备领清风回苍山过年
没想到一群油马水光的领导
代表少数人来给多数人拜年

今年，腊月未到
他干脆背着背篼来到县政府
希望早点接着去年的少数人

没想到人们告诉他
那个少数人的代表
已经去罗江监狱坐班了

他说："哪另外两个呢？"

2006.11.29

裸 奔

女士们
先生们
发财的和想发财的猫男狗女们
叽叽喳喳的星辰们
戴枷的和没戴枷的
有门的和没门的哥儿们

得罪了，请你们闪开一条缝
我现在要开始裸奔

我要跑出我的身体
从成都跑到北京
南下广州再到上海
我决定在黄浦江加水
搭乘最早那班打折去纽约的班机
我要去世界的中心
裸奔

如果你们看见了什么
如果你们敢讥笑我
我将开足大马力的嗓门
跟你们吼
我的样子才是你们的样子
你们的样子都不是真实的样子，伪装的样子

现在，我决定放下一切

放下我读过的古书和今书
放下我见过的今人和将来要见的古人
放下赚钱
放下爬上去
（这是一个多么卑污的词
我生下来就只坐过站过和躺过）
放下听音乐
放下和女人打铁
放下我正在学校上课的儿子
和正在医院治病人的妻子
放下正在写作的关于裸奔的诗
放下正在思考的心
放下放下
去裸奔

我身上挂着的东西实在太球多了
我已经累他妈得不行了
我决定甩掉这些行李
在人生的逆旅中
我要畅快的奔跑

我只要
自自然然的活着
清清朗朗的活着
本本色色的活着

无拘无束的活着
简简单单的活着
健健康康的活着
快乐地活着
透明地活着
站直地活着
所以

我要裸奔

我要反穿我的皮肤
我要见到本来的我
我已经厌倦了我的行头
看脸色，你们也活得不耐烦了
只是你们不敢和我一起去

裸奔

因为你们什么也舍不得
什么也放不下啊

2006.11.4 西昌

想回家的蚂蚁

荒野中的一只蚂蚁
听了不少故事
说人类多么伟大仁慈
他们的城市多么繁华
蚂蚁发誓要去城里看看
看它崇拜的人类的仁慈伟大

它在城里逛了几天
看见无数汽车和高楼大厦
无数人在街上爬来爬去
神色紧张而又疲乏

它想找点吃的和喝的
河里的水又臭又稠
吃的更没人给
它想钻个洞洞躺一躺
地可比荒野的石头还硬
它弄不懂人类为什么迷恋水泥和钢铁
把家园造得比死亡之门还沉重

它想："这真他妈不是蚂蚁待的地方
我得赶快回家。"
可碰上红绿灯，人来人往跟不上步伐
看见男人，它拼命喊

让我回家
男人低头看看：“哼，蚂蚁也配有家？”
看见女人，它拼命喊：
“让我回家。”
女人白它一眼：“神经病啊？哪儿凉快哪儿待着去吧！”
它只得硬往前撞，结果被压在车轮下
背书包的小朋友打了110，警察来了
说：“什么事呀？蚂蚁死了也找警察。”

2006.11.12 西昌

这男人拎着两口大铁锅

这个光头男人
这块高大生铁
他拎着
两口油腻腻的大铁锅从上西街走来了

十一月的阳光
照着皮夹克
照着两口黑洞洞的大铁锅

两口大锅
从街这头看去，就像
两口刚打好的棺材

看，他拎着棺材
还叼着烟呢

2006.11.10　西昌

这是一个问题

看见一扇门开着
你走了进去
如果你说，看见一扇门开着
你就走了进去，那你错了
如果你说，你真的走了进去
那你更错了。如果你顺着我
说你没有走进去
那你还是错了，而且你在撒谎
如果你什么也不说，你把想说的
全装在心里，你怕招惹我的指责
那就彻头彻尾地错了
而且我敢说，你是错得无可救药

如果你看见了：没有看见
走进了：没有走进
经历了：没有经历
记住了：没有记住
一切都挂不住你，碍不了你
有可能你走进了一扇门
如果你认为你真的走进了一扇门
你就真的永远无法走进
如果你说你没有走进一扇门
你是在撒谎，而且你对了

2006.11.9 西昌

新闻：二零零三年三月二十日十点三十分（世界版）

从中东的穆罕默德到西欧的耶稣基督
从印度的释迦牟尼到中国的儒家圣徒
从蓝眼睛的欧文和彼德到黑眼睛的易卜拉辛
从比黑夜还黑的刘易斯到比黄金还黄的王发祥

人类自古有不同的文化，不同的种族
最美好的时代是灾荒的减少与和平的佑护
尽管有邪恶和灾殃将善良的人类荼毒
伟大的灵魂对之都宽容和饶恕
无论是佛陀还是真主，无论是孔子还是基督

但历史上也从未少过愚蠢而鲁莽的权力者
对不同的文明大肆屠戮
为了利益和观点杀人
平民的哀吟，无辜者的鲜血从来不顾
金钱越多脾气越大，国家强大就是统治世界的力量
要么跟我走，要么是邪恶的轴心，毁灭的对象

今天的新闻不过是历史上魔鬼戏的升级版
美国兵侵伊拉克
最热门的卖点是：看强者对弱者的豪华凌辱

2003.3.21 晨

嗨……

借居在连伪善都不可多得的世纪
我很茫然，不晓得到底该怎样活人
是不是也要举起双手喝彩这个全新的京城
它的尾气超标的空气和僚阀们的汽车
以及在地铁中摇晃的人民，和用钱丈量的一切

是不是必须削尖脑袋，竭尽全力地撞击钱币的窄门
到了这里，我才知道，我是软弱无能的球蛋
我知道，我必须遵守交通规则
否则，将面临死亡的处罚，尽管我没有汽车

我想念那小县城中令我沉闷的家
我愿意同他们一样地活着，上班，打麻将
静静地等死，从不过问北京到底有多远

但我回不去了，我已经
进化为迷恋掠夺和榨取的京城人
我爱的女人叫钱币，我乐意和她鬼混
现在，我就要从天安门去中关村
她在那儿等我，时髦，风骚而又浪荡
肥大的屁股颤动着

2004.6.13　昌平

睡不着，想起开愚那首与布莱希特有关的诗

睡不着，也醒不了
因为我在北京
北京就是一座让人睡不着也醒不了的城市

我拿出孙文波送我的《诗合集》
想再读读开愚那首与布莱希特有关的诗
发现那首诗没有选进

但其中一句我还记得，大约是
“你的坟墓就在你的楼下”

我住在团结湖
我的楼下是北京

2004.6.28 团结湖

度过一天

快六点了，我小声放着巴赫
一个人在客厅里走来走去
想着写诗的事，基本上七年
不再动笔。被迫放弃意味着
比诗歌沉重的是生活
我要不要重新做起，记下现实的
利刃刻下的一道道
血淋淋的痕迹
毫无意义！无论怎样
幸福的尺寸不会加添
而比牛蹄还沉闷的痛苦
也决不因此减少些许
我为什么要有那么多的想法
看看窗台上的植物，下午的
阳光照耀它，它什么也不知道
柔韧光洁的叶面轻轻摇晃
似乎在说：度过一天真好

2001.8.15

修改旧的

我修改八月十五日写下的
一首诗《度过一天》
我都写了些什么？似乎说了
应该效仿窗台上茂盛的植物
呼吸夏天的阳光和空气；对
还有肥料，还有每天必浇的
清澈的淡水，活得无牵无挂
长得无所顾忌；然而做不到

我感到人生是一场卑琐的游戏
虽然厌倦，也不愿放弃
而活着，就是跟绝望干杯
鲁迅说历史是吃人
那是他的，我们的历史更丰富了
它扒光你的衣衫，无论谁
都得低头从小方孔爬过去

2001.8.22

决 定

我决定告别城市的喧嚣
返回那纯朴的乡土老家
我将在山下明澈闪亮的湖旁
修筑几间栖身的泥房

我准备把我的书全带去
连同那些孤傲的诗章
我将在那儿种地赋闲
赤裸着健壮的身体

我已不打算回城，朋辈切莫守望
我将重交一批乡间的新友
它们是梨树，柳树，椿树
小麦，油菜和黄狗

至于我那点可怜的学问
不知可配观赏雾气的变幻，寒月的西沉
当然，我也乐意教导乡邻的孩子
如果父母不心疼其成为不求名利的废人

人世的浮华是一堆易碎的废品
我只想念山间碧泉的寂静冷清
和那无声无息成长的树林
我居所的名已命好，无论是谁，请勿打扰

2001.7.10

我想回家给儿子削铅笔

我在内蒙古出差，深入一些企业采访
一位姓高的老板可能是我的朋友
他已六十岁，属鼠；
另外一个，姓张，有三十列火车
一条铁路线，还有一流的好脾气
皇冠牌箱包是我在北方的家
我买下它，是看了它的广告
（巨大的相扑运动员金鸡独立其上）
我需要它的踏实、安全和保险

儿子已放学，下午五点半院子里开满金菊
他在家忙着写作业，想着动画片和足球
他的手太细小，难以自如挥动削铅笔的刀
我想放下身边的活，把文件和稿纸
还有这支为写作所累的该死的笔
扔得远远的。我要为我的儿子削铅笔
理理他的衣衫。我们一起去西山的田野写生
去魁山探险，去北山禅院拜访海空
啊，冬天的四川盆地寒冷而又阴暗
儿子，我不知你把小方桌上的灯拎亮没有？

1996.11.8

夜 歌

我是你行走的大路
送你到你去的终点
我是船　装满你
我是天空　覆盖你
你是裸露的大地
你的花开着　你的河流滚动着波浪
你的山睡着　呼吸像青草一样柔软
我是五月　雷电的吻　你是颤抖
我的电流击穿你的心脏
我的雨水落满你绽开的花朵
你身躯的门户敞开着　我沿着你蓝色的
血管走去　我是渴　你是等待
我是燃烧　是勃发的早晨
你是钟点　我是塔　是黑暗的隐喻
你清洁得像雨后的草地　蹦跳的鱼
我来了　腥味的野兽　我是弄脏你
我是穿越　是老虎的眼睛　我是笔
你的躯体是一条河流　我是航行
胸脯　喘息　我是铁和盐
是渗入你的地　火　水　风
你的乳房是一双白鸽　带着我飞
我看见　树木　草　忧郁的魂灵
你是一枚芒果　我是腐烂
我是刀片　你是动脉　是出生地

你是摇荡的芦苇　八月的寒流包围你
冬天你是一片圣洁的高山湖泊
春天和夏天　水在你的缝隙中呻吟
你是迷幻的夜　光变幻成漏影的孔
你是长长的呼吸　你是眼
我是阴谋和天使　你是夏夜潮湿的栅栏
你是马　健壮的马　大地在你脚下逃窜
你的腹部是天堂　我是鸣唱的树
我是钻石　你长长的绞索
你是腥味的鱼　我是大西洋
你是旋舞的火焰　是双腿跑动着火流
你是45度弧线　你的腰姿绕在我的手上
你是陷阱　是刑具上的自由
潮水掀起粉红色的泡沫　你是急切
你是催促　你是煎熬　你是滚动的酣眠
你是沉落的星宿　云层是你洁白的床单
一片叶子　一个句号　一管黑夜
我是歉意　你是书架　我是阅读
你胀大的阴阜是凸起的海　你是潮水
你是怒吼　你是白　滑动　你是静电
你是摩擦　轻　缀满花絮的常春藤
你是等　是进站的火车　是喊
我是火　你是点火的手
你在烧灼中绽放　我的箭镞在奔腾中融化
你靠近东山的屋子　周围是良田
昏睡的夏夜　星光烂漫　一片蛙鸣　细风流动
生命的原子在剥啄

你是醉　我是酒
你是蛇　是蠕动
你是昏死的午夜　是叹词　我是塔
你是河边的月光　是河湾草滩流出的泉水
你是搁浅沙滩的原木
你是高烧　你是汗水　肚脐的杯盏
你是指甲　你是杏仁　你是燕麦地
你是十二小时　你是血　决堤的黄河
我是树　流动的树　根淌着生命的汁
我在你身子的领地漫游　你是村庄
我是抛掷的铁柄　是瞄准　你是锁孔
我是加速度　是格兰高地　是大马力
我是非洲　是印第安人的符咒
我是烫　月亮在我的背后
你是阴　太阴的阴　是月光下的细草
你是凹陷的圆　你是三角形
你是舞蹈的树　我是斧头
你是商　你是表达　是森林的不等式
你是夏　是诸侯的玉　你是一千年
你是躺卧　你是一百次　你是静止
我是雪　你的眼睛是融化
你是谷　我是穿谷的风
你是宗教　我是教皇
你是生命　我是断头台
你是蛇的复眼　我是看见
你是好　我是坏　你是谢谢
你是流淌的夜歌　我在水中听见你的声音

你是奔逃　是滑进高山湖泊的雪堆
赤裸地依偎在黎明的门槛
蓝色的湖面跪在你的脚踝
水面　月光的双腿　月光的眼
月光的颈项　月光的乳房
月光的腹部　水银的腰
火药和香草　醇酒和燃烧
冰川和火山　冷和暖
你是侧面　你是火堆　我是风
你是记忆　你是走动　你是握
你是葡萄色的光环　你是湿漉漉的海豚
你是伸直　你是缠绕　你是无法描述的黑暗
你是从南到北　是玉米地的空气
是辞海　疾病　是伤口
是无法查找的地址
是停歇的钟表　是开始

1996.8.15

和温森特·梵高漫谈

温森特，在寒冷阴暗的冬天
在你死去104年后，在中国西南
我在写一封给你的信

你走在你的故乡布拉邦特的乡间
周围是大片草地、成熟的水果
你的身体笨拙地向前移动
在燃烧的煤块一样鲜亮的大地留下黑影

我不想提到你心酸的恋情，善良狡黠的
少女乌苏拉，美丽，十六岁，已订婚
你坐上长长的列车，穿过辽阔的夜色
返回她风景秀丽的家乡，通夜守在门前
祈祷她会奇迹般出现
你失望了，饿着肚子步行回家
途中只有稻草的香味抚慰你

你火红的头发，温森特，石条般粗糙
一双小耳朵，心爱的小妓女拉舍尔
亲吻过千百遍的小耳朵
倾听来自乡间和都市的声音
来自神的声音
来自罪恶和星空的声音
你发抖的双手，你的红胡子

刺猬一样扎人的红胡子布满脸颊
你褐色的眼睛，让我看见了愤怒
宽容，看见了勇敢和渴望
看见了上帝创造的

我想起你的画
高大的树条篱笆，潮湿的霉味
辽阔的南方牧场，肥马喷着响鼻
悠闲地啃食着，夏天的蝇蚊在飞旋
裙幅肥大的乡村少女弓着身
大把银亮的发辫搭在背后

金黄得出声的沙丘
掘一把，就掘出一捧光

冰凉的田野，从土地长出掘地的农夫
远处，河流无声的流动

乡村墓园、生命宁静的鸟窠
黑色的木头十字架
昆虫在细草中游动
低低的天，沉重的灰色云朵

夕阳
滚动金黄的车轮
吐着烈焰，在无垠的蓝空

紫罗兰色的大地
肥硕的农夫像一枚土豆
撒播种子，远处是他的小木屋
一棵树和健康的麦地

邮递员罗林，身躯高大的汉子
厚实的脸上堆着麦秸垛
（天真的鸟儿会去筑巢的）
他的眼睛善良而浑浊，蓝色的制服
是双排扣的，共八颗

而你的朋友和老师高更健壮得像条牛
他的犄角冲撞着，喘着大气
你在长长的等待中为他准备一间画室
那是色彩的殿堂
一把木椅子和颜料煮成的菜汤
外面大地和天空，还有卑贱的人类
你们彻夜畅谈，大声争吵
两头雄狮
把颜料和骚味泼向陈旧的艺术
早晨醒来，吃着完整的苹果

高更是个有福的人
你给他的十四朵向日葵
插在胖乎乎的瓶中
我多次看见这些怒放的花朵
在杂志的封面

在黄昏
在一次失意的旅行
在恋爱的走动中
闻见它们金黄的香味

吃土豆的人，卑微而宁静的家庭
房架上一盏油灯孤寂地燃烧
映照出两代人的脸，分离，重叠
热土豆的香味，食盐的香味
温森特，我的温森特
只有贫穷使人满足，使人幸福
使人在无声地苦难中泰然等待

这是你父亲布道的纽思南的小教堂
雪花覆盖尖顶
礼拜的人群缓缓走过狭窄的雪径
钟声来自低低的云层

你的弟弟提奥·梵高
经营艺术品的标致小伙
一生的热情献给了你
从巴黎来到你乡村的画室
抖掉身上的雪片，摘下呢帽子：
“哦，温森特……”
扔下画笔，你瘦小的身子吃惊地迎上去

欧文·斯通，热心传记的年轻人

让我看见了你的全部生活
包括没有面包的早晨，没有性的夜晚
死，是令人惧怕的
只有你
用手枪释放了束缚你的肉体
玫瑰血渗入了地中海的土地
之前，你割下一只耳朵
那是你最后的花朵
快速跑上山腰
它也没能讨得爱
除了一声刺耳的尖叫

哦，对了，你给加赛的画像
我常常挂在书橱，我看着这位
你临终前的医生和朋友，想着你们说过的话
走过的迷蒙的小径
他的短大衣，带药味的花束

我有着你相似的经历，也疯狂爱过一个姑娘
那时，她年轻，才一树丁香那么高
漫游在故乡的山坡上
那是夏天，树木在阳光下成长

而我的生活贫乏、无聊，象时代
在南方，我给远在哈尔滨的朋友写信
抱怨潮湿的空气
抄写米沃什关于黎明的草地

和苜须草诗歌
在七里坝明澈的河水中游泳
倾听树叶的蝉鸣
一些第三等的想法
巴望光阴好起来，哪怕只好一寸

当农民割麦，想起家乡和自杀的海子
一位优秀的诗人，对黑暗和寒冷
有最迅捷的感触，正如北国的张曙光
在雪地中艰难的吟唱。没有意义
使人想到乔伊斯的《死者》
苍茫的大雪覆盖了一切
为了活着，我陷进了禅意和诗歌

温森特，我是在一本杂志的封皮
认识了你的画和你的名字
那时，我还是学生，穿行在
青春和花朵中间，火车快速地向前
卵石在河床晾干
八月翻过山头
从那时起，我就深深地迷上了你
那时，我喜欢洛尔卡

哼着谣曲，洛尔卡散步在西班牙田埂上
他发现了海的嘴唇、洁白的牙齿
但他不知道我的门前有一株芙蓉花树

你布拉邦特的乡间有没有这种树
艳丽的花朵开放着
我住一楼六号，听巴赫
读古代的诗歌和笔记
卡莱尔为英雄们演讲
我却翻找苏格拉底的回忆
在僵冻的冬天，来一场犹豫的小雪
越过四川盆地，我会快活得像小狗
去田野漫游
在电视中看见劫机犯和美国蔚蓝的西海岸
总理宽大厚实的脸
洁尔阴广告，手拿《资治通鉴》的老人
给胖小儿讲巫术

我的职业是制造好消息
谨严，匀称
笔杆摇得哗哗直响
业余写小说，超过1989年

1995.11.22

天空

我看见天空在改变颜色
广大的天空，画起钱币
看见一摞摞的钞票正飞降
击打跑来跑去的人
我看见那人转瞬富得胆战心惊

钱币在穷人头顶晃来晃去
追赶梦幻般的脚步
有人醒来，果然钞票码在门口
一些人在茶馆讲故事

钱包装精美道德
钱堆砌豪华人格
我看见贴满钱币和没贴钱的脸
笑，愁；肥，瘦
我看见今天，二十四小时

钱啊财啊命啊新的三位一体啊
苏格拉底，还能蔑视这一切吗
荣启期，还能在山谷中束带而歌吗
聪明人说：跟上时代

1993.1.8

普 雄

我清楚普雄这个地方
巨大峡谷滚动的红色河流
苹果园金色的泥土
铁路躺在碎石上
满载圆木的汽车卷起烟尘
飞向储木场
大马力的风把工务段红色石头
的围墙撕得怪叫
石头砌的楼房
我们躲在屋子里，关好窗，望着
荒地上一排小白杨身子弯成弓
我告诉姐姐射洪老家看不到这种树
笔直的木柴放进烧燃的炉膛
这是秋天
雪片集合到低矮的云层

火车开过来了
那家伙比大魔鬼的尾巴还长
咣——咣——咣——咣
第一次到普雄是大雾的早晨
想不到，山那么高居然站得稳
乌鸦在雾的深处大叫
听得出至少二十只
姐夫告诉我，彝人死了

架上木柴焚烧，不像咱们家乡
垒个大土堆
这些亮眼睛的飞兽
麇集沮丧的人群企图抢食

很长一段时间——圆木一样长——
不死人，它们会扑食荒地睡觉的人
第一次听到另一种语言，感到自己
丧失了说话能力。一大群彝民
卷过月台，奇怪的服式。

我的一个同学在普雄长大
戴顶沉重的棉帽
我们把镍币放在铁轨上碾
我们打过三次架
今天收到他的信，很短
我一下子回到十多年前

1991.7.26

我的诗

我喜欢边抄边改我的诗
这样，它会变得好看
变得扎实

有时候，一个奇妙的句子闪现
但它跑得太快
藏得也深

更希望我的诗中出现：你
爱着我，无与伦比的美丽
我还希望青草，黄牛，辽阔的土地

安闲的村庄
漫长的河流
没有遮拦的阳光

我在黑暗中写作
手指燃烧
蜡烛一样尖叫

我的诗不太好，像道路
也不太亲热，像同事
但它是站立的，像树，叶片飒飒作响

1996.7.16

为邻居老侯草拟悼词

活着，为的是作出决定：去死
四十年了。我看见你笑眯眯地生活
胖乎乎地生活，矮矮地生活
我看见你推着自行车，夹着菜篓
穿一身干净的衣服，黑皮鞋
我看见你送儿子上学。钓鱼
给老婆倒尿盆。养花。水洒到我楼下
在巷子里让路。头发剪短。刮须
我听见你在楼上打电话，说生意
听见你笑。习书法。炒菜。当局长。出汗
但你死了，谁也不知道为什么
你躺在和你妻子做爱的床上
嘴角淌出有毒的药液
变成了石头，变成了冷，变成
你儿子的嚎哭，你老婆的绝望
邻居的诧异和悄声的话题，变成了
我驱使着的文字，变成僵硬
我不知道你是怎样被抬出去的
我知道你变成了法医的手套、刀
大白口罩、眼睛、烟蒂和鉴定书
我想着你在高炉里接受喷油的样子
穿着衣裳，洗淋浴
油珠在你单面的脸上
你的口腔，沉默的船。

你的胡须再不用刮，你的指甲
然后是点火，比什么都易点着
你燃烧起来，比橡皮火爆
发出炸裂的声音，你的肠胃和肝
你有掌纹的手、说话的嘴
你眼角的鱼尾纹
你的骨头、你的大腿的尾椎
变成热量和高温、重的反面
你的亲人和朋友用半个上午
在殡仪馆等你成灰，进匣子
他们抽着香烟，搔痒，低声交谈着
而我（一定还记得我）在异地采访
听一个老板炫耀他的劳绩，品茶
用一只烂笔快速记录，翘着腿
时而哈哈大笑，时而貌似高深
再回到我们居住的这个小院子
垃圾堆里色情的苍蝇，衣服悬挂在
生锈的铁丝上，小风在摇动树叶
邻居小保姆尖叫，学生放学还家
电视机的声音，卡拉OK的声音
老太婆追述青春，蚂蚁在爬动
我的侄女唱着《雨季不再来》
席子在滴水，擦自行车的人
厕所、阳光、凋谢的石榴花
有客来访，阿姨，《二泉映月》
你的儿子在拍球，刚数到八十
你的老婆在烧饭。我愿你回来

让她饭不够，让她唠叨
责骂你回家太迟
你真的死了，老侯。让我掇掇你的楼板
回答我，你不是苍蝇，你不是暗锁
你不是一块医用胶布，你不是铁钉
你不是这个太阳天，你不是手表
喊我，对我点点头，拍我的肩膀
再把你浇花的水洒下来
把凳子弄得很响。接个电话
笑一次。下一回楼。打一把伞
夸奖我的儿子。去街上买米
让我们搞得很臭，对骂一回
让妇女们嘲笑我们两个男人
让我们喝茶，谈天气，追打耗子
让你关门、收衣服、捉弄小孩子
你注定死了！老侯。成了我写作的由头
成了灵感，成了被读者忘记的一首诗的材料
别了，老侯

1994.5.19

和死者聊天

如果我要寄给你
这信封该怎么写？
什么省份，或者市
什么生产队，或者居委会？
你的门牌号是多少？
要不要他人转交？

请问，你有没有工作
是临时的还是固定的
主要受哪一级剥削，工资是多少？
在你那里，有没有乡长或者市长
有没有人大代表或者村干部
法律如何，产品质量如何，计划生育
如何？住房怎么样，垃圾不太多吧？
有没有跳楼货，拉皮条的业务如何
好消息制造商——新闻业如何
贪污受贿车匪路霸通奸叫什么
牙狗外科医生公鸡政治掮客
军火商雨披人行横道光纤电缆叫什么
西安路王府井望长城内外惟余小猫
眼睛像足球直射你的钱袋警察般地准
绳子下雪枪卧倒有了自由还要民一个主
穿着血哗啦一声倒下哎哟成为笑话
你的命厚得像纸，红颜式的车祸

我爱北京天安门，有没有敌人在磨刀?

尖叫。时代比宠物还好。
天气预报，酒云升起来了，
会议从南海刮起，北部湾稍息
请各级准备好胃密切注视肾功能
不过岗者扣下红包纪念品酌情降职
谢谢各位收看，明天再见
黑芝麻糊哎。请翻到党章第三页。
a，o，e。

当然，物价稳定就好。路面平整就好
没有白粉就好。国库券、税收、摊派
扶贫基金足球彩票大大的有
生态环境森林和蛇干净的空气八格呀噜?
有谁在死去，在无人看见的地方死去。
麻将、桥牌?赛、赛、赛拜噜
从政治家到要犯，从妓女到小学生
从三亚到阿克苏，从花园到茶店
它的外衣是白天，它的内裤是夜晚

需不需要理疗?肯定我们不如?
在两腿间扎银针?治愈我的风格
使它像诗人般文雅?钢笔开动推土机
对，性兴奋剂，挑逗等于抒情
假话概括历史，拳击和足球
官位，约等于金银财宝

诗歌和绘画小狗般尖叫
陈希同先生陈希同市长:
“再要一张，要一张”
和老子玩十点半你哪里是对手
附带告诉你历史悠久
不深研马列不心底无私是要犯错误的
小姑娘、苍蝇、花朵和大便
拉线开关、指甲刀、燕子的窝
世界是你们的，但主要是我们的
本年度大纪事，毛选再版牛奶涨价
“返腐唱廉”、总理染病
塞尔维亚鲜血直流，南斯拉夫搂着
克林顿颤抖，巴以双方黑眼白睛
约旦河西岸趋于平静
老阿和老拉笑眯眯地握手
台湾在解裤带，西藏叽叽咕叽
香港换了脂粉走向大陆一步一回头
再见。回信写明邮编。内容细致一点。

1993.12.30
1995.10.30 改定

人 民

我
是人民
在新疆种棉花
在黑龙江砍桦树
山西的煤炭最黑　我在那儿巴掌大的黑洞
抡起锤子乱捣　为的是
混口饭吃
我从四川嫁到河南
十六岁的身体躺在四十六岁的大炕
人贩子给我找了个家
不饿饭　还有几个零花钱
在成昆线或者别的什么线
我是铁路工人　算起来比他妈的
别的什么人好过　因为我是车夫
这个国家的主要阶层
在广州或者上海我是妓女
一个忧伤的地下游击队员
我来自乡间　怀里揣着玉米
未来在两只大腿
在北大我写博士论文
偷偷穿过天安门广场
我想作一个能自由发言的人
但我错了　我对国家的词性理解太少
现在我躲到了英国或者法国

双手捂着头　担心一粒坚硬的“子儿”
我绝望　但不彻底
原谅我赖着活了几十年
自杀　我没有勇气
这阵　我在南方搞社教
像一台大马力的机器
皮带传达着精神　我不知疲倦
有时候　我清楚我是条狗
老实说　做狗比做人实在好过
如果把我放在一个家庭
我很可能是一个丈夫
买菜　煮饭　发牢骚　巴结头儿
草率地同女人性交　心里想着别处
第二天早晨我在一所中学
政府机关某个办公室
或者农业银行上班
我练习书法　打拳
我抽烟　看电视　打牌
最近刚开始打电子游戏
我养儿子或者女子
我长胡须
有时候　我干点什么
比如打死一只老鼠或者蟑螂
去乡村水库钓鱼
海吃比我下贱的农民
摆出一副高贵的样子
我西装干净　面目冷静

晚上七点收看新闻联播
八点喝茶　北京　一座有能力
制造好消息的城市是我们的首都
我离它很远　它曾是清朝的都城
在重庆或者别的什么地方
我被逮了　不是因为我是“猫”
我的圣经词汇是两个乳房一个O
现在　我是倒爷
或者生产卫生巾的老板
我有一大群乳房干瘪的情妇
她们紧缩的皮肉
靠我的钱袋滋养
我派头十足　汽车成行
我只给书记送礼
有时候也给市长
我靠这个国家发财
但我坚决反对腐败
腐败要不得　太腐败了　就老了
还有那些衣衫潦草的农村青年
在田里跑来跑去
我是政协委员
我是乡村干部
我并不吃人　我只吃钱
凭这一点　我仍然算有良心
我给人民办事　人民给我报酬
况且　我还是人民的一员
我少许地装模作样　我大腹便便

我高声朗读文件　我低声巴结上级
我既是知识分子又是人民公仆
我指指点点　我推动历史的金条皮箱
坐在屋子里安心读书
这回我错到了极点
我养不起儿子买不起书
我是地地道道的窝囊废
写不出合时的文章或者诗
我毫无才气
我想到荒岛上去躲躲
我要大声地骂
去他妈的

1992.4.7

现 状

我居住在成都市的东郊
窗外，沙河缓缓流过
我很少去市里同朋友们交往
一个人静静地生活

早上出门为工作忙碌
晚上读书、临帖
字，喜欢八大和谢无量
但我写得一点也不好

不要紧，反正不求名求利
只是亲近古人，弄弄兴头
诗也很少写
更没有几个人的东西值得去读

金刚经和坛经倒是时时看看
也不分辨有何意思
人世的生活我无话好说
一年三百六十个日子
我没啥喜事，也没什么忧愁

2003.10.16

我的白皮书

我拥有太多自由支配的权利
比如说，早上醒来我可以选择
是先吃馒头，还是先喝牛奶

出门是步行，还是骑单车
或者，比如说，我有了心爱的女友
而她又那么爱我，我完全可以选择
是先吻她的红唇，还是她闪亮的眼睛
或者，比如说，我正在写作的这首关于
权利的白皮书，继续还是放弃
是写在纸上，还是存在电脑里
都没有制度或者法律
现在是上午十点五十分，周末
我完全可以去看电视
听美国总统演出新闻，或者收看
在广告夹缝中闪忽的冗长而又皮条的
电视连续剧，议论足球
德国或者意大利
而我的伊妹儿是发给孙文波或者森子
还是我在深圳的表弟或者隐居在柏林的
萧开愚；而今天早上买来的这把黄菊
是放在卧室还是客厅
我有权利。我快乐着，是公民
我爱吃豆腐，脑子里全是豆腐

抽烟；或者到了国庆节，还可以出门去挤风景
这是我们国家的节日，我有足够的权利激动些
背诵伟人的台词，把治理国家的
口诀牢牢刻在大脑的回沟，以便
台上讲话，我在台下鼓掌；领工资，吃蛋，养孩子
唱歌，或者，最好是歌唱；还可以在茶馆或者酒馆
小声地嘴淫；要不干脆上床和女人们干
把身体隐埋进身体。总的来说
我不后悔我生而为人并使用
汉语，还见到人间多趣的事情。可如果
我必须马上离开，对人世我确实看不出
有什么值得我留恋。但我还是得要求
留下，哪怕是更加卑微地低着头活着

2003.11.2

对诗歌市场策划建议书

最好是抒抒情
让刚出江湖的小鸟们开屏并睁大眼睛
拌上色情的维生素
让书桌旁瞌睡而大脑缺钙的编辑
醒来在裤兜里拉响警报
要学会用粉底和唇膏给时代上妆
用华美的语言运尸车把苦难包裹
送往火葬场
并点燃，让它从人间蒸发
诗歌的称职是使没有
眼睛的人也能看见鲜花
给伟人们写传，把狗屎煎成脆饼
去政治的狗槽旁晃悠
并激动地摇响尾巴
以便坐在高台的作家协会发现

要比鱼盘里的水深刻
比打字机上的纸厚重
比余秋雨的散文唯美
比汪国真的诗高贵
要给读者市民提成
给颁奖的领导印大额的钞票
对评论要用运钞车撞
装帧用纯黄金

封面必须是裸女
价格略高于盗版三级
作者一定要移居海外
最次也在北京郊区
口音要欧化
身旁最好跟两个洋人

不要用脑，更不要用心
用喉咙望着上面大声地唱

2003.11.2

对龙泉驿的一些回忆

——风骚或绝望之歌

首先，成都平原辽阔的风光直逼起伏的龙泉山脉
我来时数万亩金稻在阳光下渴盼银镰
你借住的小楼像一支陈旧的竖笛紧挨丽山
隐逸在竹林的边缘。我用汗水询问用脚步找到了它
看见它惊奇的白色墙角和青色瓦顶我就张开了翅膀
我来了，从城市的子宫中脱胎而出，发现了
我将用飞翔天使腋下的羽毛鸣叫
同时到达的还有一股微风和一个下午携带的几棵香椿
它们等在楼旁，没敢跨步去敲响院门

其次，是推开用书籍花朵陶罐裙幅
女人之香爆炸的稿笺装饰的房间
悬空的人，膝盖的床

接着，是椅子挪动的声音，影子重叠的声音
嘴唇和嘴唇焊接的声音，工匠般细致的
近乎绝望的欢快的声音，鸟儿和巢儿的声音
黑暗在光中逃避的声音，沙发坐垫飞旋的声音
墙和墙的叠合的声音，花瓶伸出根须
呼吸捆住鼻孔的声音，云撕开闪电的声音
头发捆绑头发的声音，跨越的声音
震颤的声音，蛇缠住蛇的声音
马匹的声音，魔鬼的肚脐恐惧的声音
闪电戳穿云朵的沟壑的声音

马达穿越活塞的声音
大地在撕裂扭曲下降，地缝涌出了烈火和油
天使的细腰跃起的声音，扑打的声音
天鹅在水中飞翔的声音
一个世纪的声音，上一个世纪的声音
洞穿下一个世纪的声音

来自天庭，来自地心的尖顶
来自宇宙神秘的黑暗，来自眼神的黑暗和亮光
来自森林的篝火，来自水的原子弹来自虚无的门扉
来自将要死亡和死而复生之季的狂喜
来自彼岸的手指和哭泣的缝隙

音乐起来了，大地浮现了，太阳浮现了，海水还在滚动
大海在辽阔的空中休息，水面闪射离子般的精液
海面呼吸的腹部光洁而又柔软
肥沃的蛙鸣，动物们抢食着星辰
举着蘑菇的巨人叶片在哆嗦
岛屿上热带丛林还在降雨，奢侈的绿色之草
生长在更加奢侈的土地，大汗淋漓

眼睛睁开，世界睁开，房子还在，下午走了些
稻田里灌进的香味还在，书籍还在，裙子还在
梳子还在，大腿细了些

雪亮的水果刀闪过空气修理艳丽之苹果
茶叶自得地在淡咖啡色的水中沉浮

优雅而徐缓的汉语有时是尖利的词直扑事物的本质
果断得像长江，黄河也赶来了，但主要是黄
马蒂斯在《奢华》之岛上处理过的色调
横陈在眼珠滚动的骷髅上啃着乳房面包
我攥着惠特曼胸脯上的野草吹拂你旷达的原野
赤裸地行走享受着自然主义的野兽派快感
在李白的捣衣声中回到长安和服饰，剑气和山林
伟大的智者是树叶的朋友，岩石的朋友
山间的剑锋闪动着太极，倪云林山水之云气
衣荷饮露，林泉下的中国小妖骑着白虎，臀部和胸脯
长剑的阮籍中夜不能寐，哭途穷而后返回内心深处
酒是个好东西，使王昌龄忘记回家骑在唐皇的马上
使陶元亮放弃了彭泽令和皂衣在南山锄地种菊
门边的小路已经荒芜，松树
一片莲叶挽救了周濂溪，他发现了人性的纯粹在于淤泥
孟夫子说过拯救的方式在养气
大脚板的秋瑾女士在剑气中懂得了血抑或别的
弹剑而歌舍生取义江左的豪侠留下数行诗句

西西里，我说过，我爱你湛蓝的海水浸泡过的阳光女人
遥远的文明之风吹了过来，刮掉了小辫和自信
把握宝剑和毛笔的手打碎了瓷器和家具
甚至放弃书架上繁写的汉语自以为得救
拣几句洋话骂骂咧咧兴致冲冲嘲弄着祖宗
孔夫子变成了孔老二，香炉变成了尿盆
膻味红毛的孙悟空字猴儿，坐上圣人的交椅
成吉思汗只配在马上射雕，玉宇澄清金箍棒

种族和祖国，神州供你挺起掇来掇去，玩玩游戏
血和民族的历史做道具，改变一切是火眼的真理
我们这些小丑，还有那些精英，一代又一代举着生命的火把
跑着龙套，舔食着伟大者的许诺醉步颠颠在血腥中眯缝着眼
看见天堂的城楼闪着金光
我们这些稻草人啊白痴兄弟
哪里可寄放熟透的头脑——多汁空洞的瓜
我拎着它迷沉沉地游荡，想找个栖息的领口
世界，我被你驱赶丧失了自己
我按照你的方向你的加速度旋转
我是你的模子造出来的玩偶
或者说你是我的模子造出来的偶玩
光中的黑暗比黑暗中的黑暗还黑
我什么也看不见毫无用处
在死去的原野清扫星辰的垃圾
混个活法，赚点名声，捞点碎银，手在衣兜里捏着假牙

请原谅游离了主题，进来吧，乳房
我看见胸脯上挂着金质的杏子
接着是银质的桃子
后来是麻布的袋子
装着我钙化的脖子
我的手指在酒杯中仰泳
躯体坐上快感的飞船
在虚无中牵着晃荡的灵魂
刚才谈到了什么，西西里？
老迈的罗西尼，瓦格纳，还有回旋的巴赫值得

翻来覆去，颠鸾倒凤，细细云雨。青春啊
我虚荣的胃吞食西学的鱼子酱
谢谢了面包总是比烧饼要香
埃及和约翰内斯堡，非洲的草原和马匹
狼在夜晚潮湿地尖叫，洁白的牙，黑暗的皮毛
当太阳睁开充血的眼注视着我在尼罗河洗着酒桶般的手
穆罕默德之剑斩尽了驱逐他的部族
血澄清了教义和教徒，我洗尽了脏

聂鲁达美洲的诗歌皇帝我听见你马皮的鼓面擂响
的鼓点，你点燃的篝火，你烤熟的羊腿
我要把你扔进马楚·比楚雪山神秘的洞穴
人类的出生地。封存的印张。
欲望使我们溜进了子宫挤出了窄门，硝石和贝雷帽下的眼睛
使你诗歌的阴唇嚅动诞生了绵远的安第斯山脉
在艾略特荒原虚幻的城市冬晨的棕色烟雾下
人群涌过伦敦桥，那么多人，我想不到死神毁了那么多人
时而吐出短促的叹息每个人的眼睛看定脚步尖
埃利蒂利，早晨好，我翻身躺在你希腊阳光的地带
诗歌的飞船损失了屁股迫降在快感的星球上
夸西莫多式的竖琴轻柔的抚摸，差点被
川端康成的雪国之风捏碎了骨头，哦，伙计
从富士山雪埋的深处探头看看平原上的人类吧
他们挺起，软下，干着，活着
眨巴着眼，剃着牙缝，快乐或者不幸
吉卜林从林隐秘的深处滚动孟加拉斑斓的虎皮
莫格里，莫格里，我是吃狼奶长大的，我爱我的狼母亲

两只老虎在搜索着麋鹿，人类在狩猎着财富
我不愿回去，我不愿回去，我情愿在狼窝里鬼混

再次插入思想滚烫的深度，显赫的人类
比动物有太多的精力，四季欢快地交配
另一件大事即是阿谀多汁粗糙的胃
食物带来意义，人类的历史就是给肉体
制造舒适的历史。从马车到飞机，鸡毛信到手机
欲望的哥伦布发现了美洲土著，大明的要员下过西洋
亚洲尝过欧洲，欧洲也啃过亚洲，像一对
连体的婴儿，有时是脚蹬，有时是手抓
但各用各的大脑，各有各的想法，各用各的鸡巴
人类那大脑是给肉体打工的蓝领
白天好好地干，晚上好好地睡。肉体的短暂
使它潮湿的欲望乞求永恒，它的引擎在启动
它拖拽着，呻吟着，统治着，它是人类的上帝

谢谢卡尔·马克思带来了福音
宗教般的天堂比卡朋特的音乐还流行
他吐着雪茄在多汁的莱茵河畔研究了资本
也即是钱，它才是万恶之源，真理从此变得简单
有钱和无钱，单衣和锦缎，就像一加一绝不等于三
人类的问题很好办，榔头和扁担一齐干
天堂来自血腥，虎骨来自武二，平等来自打倒
穷人仇视富人，既然明白了，也就好办了，不用涂脂抹粉
早晨起来，榔头敲碎了富人油腻的脑袋
世界变了，真的变了，既不是穷人又不是富人

空前的堕落，破坏，屠杀，下贱，低级，疯狂，文盲受到颂扬
西方掀翻了上帝，机器替代了教理
东方打倒了老孔，套上了时新的紧身衣，挺起麦田里的胸脯
贴上涅瓦河边洗身子的苏联大哥
列宁尖着下巴举起工人的榔头，斯大林的铁胡子
刷新了一个民族酒桶上的铁锈，湖南土话干掉了浙江土话
马克思干掉了孔夫子，多胡子干掉了少胡子，西餐干掉中国大菜
天堂在枪口下诞生，数亿人类啃着崭新的奶嘴，脸上是巧克力酒窝

雷锋叔叔接着王杰叔叔后来是孔繁森大伯一串接一串滑过
我们模仿的嘴边，大白菜，维生素，钙片和洁尔阴广告
伴着精装的贪污首长和冗长的电视连续剧以及西门子手机
别在高速公路的裤带上，绕着用水泥和钢筋疯狂涨大的城市阴唇
携带着尾气和河中的浊流，把我们生活的楼盘化妆成可口的冰淇淋
毒品和爵士乐，火车和电视机，同性恋和艾滋病，本·拉登和布什
比尔·盖茨和萨达姆，莱温斯基和辛迪·克劳馥，宋祖英和其他
赖昌鑫和成克杰，大卫·贝克汉姆和罗伯特·巴乔带来了谈话的主题
小姐，多么高贵的茉莉，射出闺阁的门户，蠕动着勾引纸币的阴唇
首先占领广东深圳，接着抢滩上海北京，在克拉玛依，在景洪的小街
在库布齐沙漠，在青州的乡村土路，在雪域之都拉萨，在扬州的江都
展示她们绝妙的技艺，安慰挂满钱币叮当作响暴发起来的权力和锤子
超音速空中客车和原子弹簇拥着性感之波的麦当娜，人类啊
我看见你激动地张大门齿，掏出家伙，亮出空荡的胃
猩红的舌头贪婪地舔着现代文明的屁股眼
绿色的眼睛闪动火苗，斯蒂芬，约翰，伊万和王贵啊
欢乐在痛苦的肛门做爱，高潮撤不下来，肠梗阻的生活尖叫着
疯牛病和非典在世界传播，消息弥漫神经的四肢

菩提树啊，菩提树，哪里才是你的根？哪里才是你的叶？
我挣脱了城市的子宫，干裂着嘴唇，枯黄的眼珠在燃烧
到哪里将你的枝叶采撷？
慧能和神秀到底有何区别？
我情愿从物欲的嘴唇撤走，去亲吻宁静之境
无欲之境，佛陀在孤独园着衣持钵，粪土王位
趺坐而坐，上天下地，唯我独尊
我是虚无，我是旷寂，我是我心，我心即是我佛
我在哪里，本无来处，本无去处，我是人类的灵药
玄学和静心，谢朓和奥修。知道吗
玄之又玄，众妙之门，舍去众妙，妙自生妙
人类，我的兄弟，请留下，请慢一点吧
看看我赤身裸体舍弃的样子，我是莫格里
我要带你返回，返回丛林，好兄弟，请回答，请回答

两头小兽抛弃了人世间，这多好，能够逃亡
要有光，于是就有了光。光来自无明
来自心的自觉，潜回来处，到无欲之彼岸
（不要哲学，也不要思想，制造些骚兮兮的句子
让现代人品尝，他空荡荡的胃里全是欲望
如果要继续，这样开始：勃起你的机器）
我攀登浑圆的裸体，沿着手臂的树枝摘取甜美之果
迫害它的树冠，摇撼它的树身
在顶峰体验洁白的雪崩带来的死亡
发疯的逃窜，睁大眼，张大嘴的尖叫覆盖山谷
人类，我不想回到你的城市，我厌倦你的面孔
我了解你的脏，我要到丛林中去漫游

我喜欢龙泉驿的桃花和田埂上跳跃的小鸟
八月的枇杷，五月的葡萄
山间的泉水在喊我，我的酒壶漏了
射出一条银河系，快乐正从太空追降
超音速的人类射向地球的阴门
用制造罪恶的方式逃避罪恶
我的品牌是亮光，是手枪，是你触摸过的真理之乳
举起，抛向天空，沦落深渊，穿越狂啸的海，壁立的山
我不能细述天堂长满芦苇的边缘
但我知道它泛滥的势力，火山爆发的蒙太奇
以及地震。哦莫格里，我的小兄弟，半山的隐士
我佩服你的激情，你的鲁莽，你蹂躏世界的勇气
你血淋淋的事实，你腐败的膨胀
你不顾思维的手指反叛的敏捷
你的横空独立，你的无恶不作
你的山洪一样飞翔的走向你绝对的狠毒
但我讨厌你抒情诗人的个性
你的迫不及待的船队起航远去，彼岸就在桅顶
尽管很好，却善始不能善终啊
你走不了多远就将倾覆，被人类俘获
最后，也是最简单的：酣甜的睡眠统治大地
人类在梦中吮吸着橡胶乳头，笑得像婴儿
死统治了生，绝望统治了希望
我用京剧的锣鼓结束这一幕。世界啊：嘘

2001.4-5月，2003.11 改

干什么

我追逐世人的追逐
行走在这座城市或者说成都
我已经筋疲力尽，我要说
生活，我对你尽力了

我已经重复十年：我要离开
现在，我仍在这儿
这是躯体的城市
它放逐心

十年，青春开出下岗通知
十年，衰老发来结婚请柬
我躲在房里不开门
但房租马上到期
开破桑塔那的房东正在上楼

行囊未收
身寄何处
我的我不知该干什么

2003.10.9

想和你一起过生活

我要起身走了

——叶芝

我们在成都市的远郊——靠近一片
广阔农田的地方安家，或者去某个
干净的小县城，周围是菖蒲和流水
蔷薇花碧绿的指爪；我们要有一片
竹林，风吹过竹叶发出的声音
房子边栽满柳树，桃树，樱桃树
花朵四季开放；再养一群小动物
它们淘气地把粪便乱洒
我们为生活忙碌，扫地，种蔬菜
用农药治服害虫，给南瓜授粉
秋季去嘹亮的风中用铁签拣拾树叶
准备过冬的木柴，把墙洞补好

让我们双双坐在草地闲聊
望着长天的云朵慢慢移动
回忆乡村中的童年和读书生活
我们的同学，经历着各自的苦难

在明亮的空气中取下满是尘埃的书
对你爽声诵读，给你谈弗洛斯特

他的牧场，小牛犊，浮满落叶的泉水
谈我心爱的弗朗西斯·哑默
法国南部比利牛斯是他的出生地
他的烟斗，旧大衣，玻璃窗
祖母，以及他喜爱的诗人萨曼
和那首悼念萨曼的诗《哀歌》
那时候，我喜欢你伏在我的肩上
让我感受来自你鼻孔细细的热浪
和你身体的软弱，芳香
让我们静静地喝茶，话说个没完

我们一起去厨房烧饭，我洗你切
或者你洗我切。我喜欢看你
系着白围腰手忙脚乱，喜欢听
我们的高压锅发出的尖叫
喜欢你炖的绿豆汤。听音乐
首先是《二泉映月》，要阿炳自己拉的
不然就是邓建栋。巴赫和罗西尼
这两个顶老顶老的家伙比天使可爱
还有瓦格纳，我喜欢他的辉煌和博大
我会不断地讲一部电影中的故事
一个大胡子义盗，不幸杀死了
他心爱的女人，那是一个美得
让所有的男人发抖的女人
他的回忆，他的死水一般的眼神
他吸的粗大的雪茄。那段缠绕的音乐
我们为她的死惋惜、掉泪

寂寞的时候，坐在门边，不说话
望着穿过田野的乏白的小路
心里在等一封信，是我父亲寄来的
“我和你母亲饭量尚好，饲养鸡鸭……”
我们为他们的日子快活，讨论他们的
食物和起居。我会告诉你我的
智慧朴素的父亲，他的乡邻和朋友
祖父传给他的家当，他闯过的江湖
和那些黑道上的传奇人物。他种的地。
我会亲自给你的父母写信，坐的端端正正
字也尽量写好，我写道
“亲爱的岳父岳母大人……”

得忍受贫穷和潦倒，得原谅我
几乎拿不出一根稻草。如果我们
买不起菜，没关系，我们用盐巴下饭
没有贴邮票的钱，那就
等到朋友们写三封，我们才回一封信
我们会为多了一只土豆而欣喜
为一笔细水得拿不上手的稿费发狂
如果下雪，尽管四川很少下雪
我们就跑到雪地中去，像两只野兔
诧异地嗅来嗅去，我们再也不回家
跟雪一起化掉。我爱看你的双手冻得血红
我用热气把它孵暖，用我的心脏裹起来

让我们去天边的小岛小住一月
那儿只有赤裸的太阳，岩石，信天翁
荆棘和腥味的波浪，让我们为
一场暴风雨感受到恐惧，让罡风
掀翻我们的小木屋，让你
紧紧搂着我的脖子大哭
让潮湿的雨点把我们的心灌溉
让风把衣衫和行李像鸟儿一样吹走
凭它们去大海孤独地漂流

在晴朗的夜晚，或者凉爽的中午
我要和你如癫似狂地做爱，像
马尔克斯写道的那样，我们的爱
使牛羊茁壮，庄稼丰产，使野马
在大地狂奔，狮群怒不可遏
使大地震荡，邻居逃窜，荒草中的野鬼
搬家。我爱你火焰的腰，天鹅般的腿
我爱你的溪流和青草，爱你滑翔的身体
淡淡的杏仁味，你的扭打和尖叫
爱你一百次的折腾，一万次的缠绕
爱你死去，化掉。爱你扑腾的燃烧
爱你像一条鱼疯狂地蹿进无边的海水
爱你像一只搬空的船，寂静地搁浅在潮湿的沙滩

到了老年，我头发落尽
你牙齿掉光，才想起我们的儿子
他们高大，健壮，是一群小公牛

读尽了书，他们走遍天下
匆匆穿过纽约喧嚣的街头
漫步在阳光覆盖的利比亚
给我们写信，打电话
寄来了女朋友的录像带
我们为他们准备食物，床铺
老两口争论不休，快活得像两头
迟钝的熊。我们赶制新衣，梳头
买皮鞋，抹去家具上的灰尘
购买新鲜的水果
回答邻居的每一道询问
仿佛等待降临日，对
他们是我们的基督，我们的天空

我就这样梦想着同你的生活
我草草地记下它，作为今天给你的信

1994.5.21 写
1995.10.27 改

回忆中的

我第一次见到你，是在凯江河边
一个星期日的下午，我读着弗雷泽的
《金枝》，为德尔普特人的巫术着迷
三个男人爬到圣暮的枞树上敲打水桶
白亮的雨点快速地降临到村庄
少女们光着涂蜜的身子来到村边
迎接大胡子天神，他的翅膀是云朵
有一个叫玛丽娅娜，还有一个叫
哈尔马赫拉，她们的美
像天空的闪电

河水轻快地流着，流过人民桥
几只鸭子像羽毛一样轻盈
你经过，那时，你还是城北的学生
你的身形像麦田埂上的鸟儿
而你的长发像黑暗的风
我不知道你来自哪一个村庄
但我希望你就是玛丽娅娜，或者
哈尔马赫拉，而我将得到你
金黄的蜜罐

可是，你走了，沿着河边
水草上你的脚印在消隐
那时。我似乎看见了是我俩一块坐在

尘埃闪亮的教室里听课，讨你生气
想着想着，时间滑过六个三百六十五
而你也同槭树的眼睛突然长大
今天，多么大胆，我询问了你的名字
——三个音节连成一体
像森林猝发的大火
无边的灼热和鲜艳
而且，居然和你通了电话——你的
话语像空中燃烧的电流
我说了什么？但我幸福
皮肤下有一支马队在跑动
我想写一封信，就是现在
阳光灿烂，空气飞鸣
我这样对你说：嘿，我说
去春天的田野走走
（那是滚动的黄金）

1994.3.14 写
1995.10.27 改

向陶渊明致敬

值得用一生的光荣写一首诗献给你
我隐逸的前辈。今天是十二月二十六日
一九九二年。我不知道你将在哪里收到
这封信，是在南山的数亩荒宅
还是那个风景秀丽的彭泽县的西南
但我更希望是这样
你种豆归来，用一只大木盆洗你的脚
蔷薇怒放的篱笆墙外，戴绿色
大帽子的邮差——你叫他什么
——扬起一封信催促你，你居然决断不了
先洗脚还是先读信。你的小儿子帮了你
——他真孝顺，为你洗脚呢
而你，当然还是老样子地撕开信封
匆匆地读

“这封信来自中江，这年轻人的文笔不坏
他的诗我也见过一些，不算太糟
更为重要的是，懂得自爱。就这么个年代
写诗的又能有什么好样子，我从未奢望过
他说他喜欢我的诗歌，这并不能使我高兴
我写诗不是为了任何人
我只是真实地说出我想说的
说树木生长的情况，说花草的明灭
说云皑的变幻，有时也说到邻居

古代的隐士，他们的起居
至于为什么就成了诗，我想得不多
既然文字能记录我的声音，我的呼吸
我也乐于干这件懒散的事情
我的诗不关心现实，现实是肉体
它在腐烂。我喜欢大自然，我的人
都住在山那边，
他们衣着朴素，说话轻声，他们种地
栽桃树不再有别的事情去烦他们

“有人说我的诗谈酒，这是对我的褒奖
我没有崇高的智慧，压根儿就不追逐崇高
我实在没想到要去议论它
比我晚些的李白似乎谈论过酒
他显得情绪激动，手舞足蹈
他喝过许多，包括一条黄河
酒是考验灵魂的炉火
我们不能用它来区分诗人
诗歌的节奏并不在于音节的多少
它与心情有关，当我们恬淡，它就缓慢
当我们激动，它就是江河在流淌

“诗歌的手只用于把人从现实中拖出
让他歇歇气，变得干净，让他享受阳光
和另一些。诗是平常的，决不搔首弄姿
像荒原上的火，像腐烂的泥土
像牛羊在大地上走动，像一棵树的死亡

诗只拜访心灵，它放逐肉体
诗并不甜美，当诗歌出现，现实立即黑暗
诗要看望庄稼，春天是小麦
秋天是高粱，必须让白雪覆盖诗歌
这样知冷暖，这样纯和
诗歌必须好色，尤其是金色，河水的色
这些我谈论过多，会影响年轻人工作
现在我该去周家墓园散步去了
儿呢，拿揩脚帕来”

1997.10.14 改定

炎夏所打的借条

我愿意从鸟儿的翅膀或乌云的眼睛
我愿意从河谷的深渊和海上的湛蓝
愿意从雷紧锁的眉头、闪电的牙缝
借取三千六百五十吨绿色的凉风，要不
半绿色的也行，我愿意变一头驴
从海底的寂静和山谷的清幽中
驮回六百担凉爽，或者冰冷也行
作为一位诗人，我乐意驱使我的苦力
——诗句，令它恭敬效劳
把炎热和沉闷烹饪成美妙的筵席迎接
我宁愿背起借债度日的恶名
宁愿被炎热和潮湿双重鄙弃
现在，我恭敬地打下这张借条

自 由

我叫李义安
住在这个城市十八层的一幢楼里
阎王路，压迫号第四十四区
我告诉你吧，我正好住在十八层
我活着的形式是
下楼、上楼
我在建筑工地干活
也就等于告诉你我有顶安全帽
周末或者每天晚上
我可以看《华西都市报》
一些人在头版杀人，有些人被杀
生活的主题离不开这个
而我享用阅读它的快乐
报纸的记者和编辑他们得到的会多一些
多卖出一份报纸，多买进一份生活
昨天的头版说广西南丹矿漏死人八十多
（老一套的消息，庞大，但不刺激！）
老板叫黎东明，怎么搞的，我正好认识他
为此，我兴奋了一个夜晚

坏消息

十年前我妻子的大哥死于食道癌
那年夏天，我拿着一张处方
跑遍了成都市的大小药店
在毫无希望中去找一根希望的稻草
而最终没有抵抗住自然神秘的力量
我们失败了，和哭泣一道

前几天我出差正好到了北京
和朋友的午餐会上家中来电骤然响起
我已经无法分辨出我妻子的声音——
她简直是绝望地幽灵，沙哑而阴暗

“三哥快死了，他得了白血病”
我咽掉了她的话，（似乎对她说了什么）
接着给她的几位朋友打电话
告诉她们我不在家，请她们陪陪她
说点什么，或者什么也不要说

而我的朋友们继续我们的话题
诗歌、女人、性的机智的隐语伴着啤酒的激情
我要说的是为什么会这样，仅仅十年
我就面对另一场死亡平静地用完一顿午餐

戴女士

地道的成都人
看上去有几分马来血统
她端庄的美貌该怎样颂扬?
一句话，使那些优秀的男子产生梦想
有良好的家教传统和学问功底
往雅处说，书香门第
英语书读得不少，汉语自然精通
头发比夜色绚烂，思想比头发迷人
爱吃洋快餐，更爱先秦诸子
发誓要做利玛窦或汤若望的东方传人
把中国的古文化出使到西方
厌恶官办的东西，但不包括动植物
为了文化，喜欢朋友中有人成为豪侠的赞助商
唯一的失败是生不逢时
编编报纸，而且是极不情愿的那一张
很少发脾气，平和是主要的
写得一手好文章
但不会写总结报告
聪明的人赞扬她
因为她不是太聪明
愚蠢的人驳斥她
因为她不是太愚蠢
单纯得像个奇数
复杂是像个偶数

朋友不少，闲暇不多
日子一到她那里都变得晴朗了
别想用手机找她
别想用BP呼她
她的矜持让人嫉妒
哎，有时候她是落后的
像一本精典的书不着豪华的外衣
她的力量正在这里
使毫无记忆力的人无法忘记！

词语的偏执

诗间道

词语的偏执

朱怀金 著

黄河出版传媒集团
阳光出版社

图书在版编目（C I P）数据

词语的偏执 / 朱怀金著. -- 银川：阳光出版社，2013.12
（诗间道丛书）
ISBN 978-7-5525-1183-3

Ⅰ. ①词… Ⅱ. ①朱… Ⅲ. ①诗集－中国－当代 Ⅳ. ①I227

中国版本图书馆CIP数据核字(2013)第318417号

词语的偏执 朱怀金 著

责任编辑 李媛媛 谢 瑞
封面设计 蒋 浩
责任印制 郭迅生

黄河出版传媒集团
阳光出版社 出版发行

地 址 宁夏银川市北京东路139号出版大厦（750001）
网 址 http://www.yrpubm.com
网上书店 http://www.hh-book.com
电子信箱 yangguang@yrpubm.com
邮购电话 0951-5044614
经 销 全国新华书店
印刷装订 宁夏报业传媒印刷有限公司
印刷委托书号 (宁)0014786

开 本 880mm×1230mm 1/32
印 张 4.25
字 数 130千字
版 次 2014年1月第1版
印 次 2014年1月第1次印刷
书 号 ISBN 978-7-5525-1183-3/I·410
定 价 100.00元（全四册）

目录

【2009】

【2010】

【2011】

【2012】

【2013】

【2009】

猫头鹰说话

我坚信这是冥界。黄昏落在脚下，
羽毛散开，天女不知去向。
灰尘、蛛网和枯叶，开始秘密征战。
我认识的星星越来越少，熟悉的村庄
和我争夺一根橡皮筋。这同样是隐秘的，
和小龙女修炼内功，对青檀树发毒誓。
我相信，玉兰和迎春两姐妹也得了抑郁症，
她们都攥紧了小拳头。
我和死去的人总有过多的交往，
我们不说话，不衰老，等待各自的那一声
叹息。

2009.12.27

凌晨笔记

一个银狐。在我喝酒之前，
一定有人伤害过它。柜台上的碎银子，
可能来自阴间。那些号啕的人，以头抢地的人，
这时候是雪豹子，翻白眼，
刚刚细数过一代代祖先。或者月亮，刚刚照耀过
语言的碎屑。记忆也赊账，不见对面的酒客。
我吃下的烤红薯，冒白烟，走盲道，呼唤着它的兄弟们。
那是乡村的一地幽灵，正踏雪而来……

2009.12.16

和宝琦兄夜话并击缶而歌

雪已经伸出了它的前腿。我们卸下铠甲，埋锅造饭。
腾格里沙漠里，一部电视剧上了紧箍咒，
语言也上火，带着沙渍。我们用碗喝酒，用竹筷敲酒罐。
老虎杠子虫。女儿说，“怎么这么多妖精？”
狐仙穿窗而出，大风戛然，羽林卫落入陷阱。
我们敲打瓦器，然后是陶，再后来是瓷。
火越来越大，我成了刺客，学习用筑击人，咬耳朵。
把国家揣在怀里，唱《大风歌》。雪扑簌而下，
最后是个犯人，隐姓埋名，一个影子吹动带翅坚果。

2009.12.10

纸现场

我疑心每个人都带着乾坤袋，装着雾气，
也装神弄鬼。河流还学会了隐身，把玩玉如意。
有背影的人陷在水墨里，铺散如铁线蕨。在案头，
画瓷的那个人，拥有七十二变。在空中建楼阁，
在干冰上翻跟头。额头上的朱砂，现在是照妖镜。
我不是那个空中飞人，在诗歌里走钢丝，
把新闻揉成手纸。白羽鸟，黑羽鸟，会变脸成人弹。
破碎的瓷，还要藏锋用笔。肚皮贴地，爬行。
寻觅丹凤眼、卧蚕眉……

2009.11.30

迷幻剂

我一直以为居住的城市空空的。冰雪也抱着
空枕头，睡去的人在学习穿墙术。
风雪中蒙面的刺客，踢着无影脚。动物们穿过大街，
带着粪兜，还带着三分爱，三分非爱。
我骑的驴竟有三分豆蔻，他得了妄想症。
一个疯子在雪地里念着招魂咒，“回来吧回来呦”。
他把大雪的绳扣紧了一圈又一圈。一张唱片
被鼹鼠反复抚摸，它的黑胶皮
拌了芥末、洋葱、胡椒和香菜。好在还有香菜，
在雪缝里吐舌头。摸到了敏感的下半身，
还摸到了钝。苍耳子被雪压着，这是珍贵的另外一分。

2009.11.16

在河湾，艳阳天，雪满地

芦花飞去了，我没有记住。
白羽鸟又回来了，我还没有想起。

如果我没有看错，苇与芒
戴着白帽子是幸福的。
如果我没有看错，长嘴鹭
长时间在水中发呆是幸福的。

雪地里相拥的人，阳光
也照着他们简单的幸福。

一个在深夜醒来的人，
泪流满面。

2009.11.14

左岸5号

“每人都携带着萤火虫。”

从右到左经历了两个词。
可以切换。让相机去偷情。
让画笔来押韵。
可以疯，但温文尔雅。
可以渡河，骑着空酒瓶。

我在右岸，修炼心脏搭桥术。

2009.11.10

秋天正张开它的腹部……

“河面上游动着麻油鸭”，笑声
很快成琥珀色。有一只飞越吊桥，
在空中定格两秒，仰身45度，
思索蜡染的印花布。

一只大肚蜂正搬运花朵，不远处的天鹅
不再迁徙。在西霞院，我们
和黄河石手谈，它们越藏越深。
一瓶杜康酒正溢出它的肺。

蒲苇上漫游着小蚱蜢。我想起花椒
和小茴香妹妹，唤醒午睡的莲花根。

这只逃学的野鸭，白色的领结
撒下了碎想法。河面宽阔，
它牵着落霞，忘记了自己的交尾器。

而小浪底正伏在峡谷里，
孕育一只变色龙。

2009.10.21

秋夜皇城村忆花洲书院

“你是最亮的”。我知道这话靠不住，
可还要听。视觉抓不住空气，包涵
酒后的病菌。你一而再、再而一地
说起泽州、邓州，让牡丹开了一次
又一次。

桂花的香味远去了。花洲书院里，
我的冷板凳还在宋朝。你在明处，
我也在明处，我们摇头晃脑，
把书读到抑扬顿挫，
国和家，都是一样的破。

“翻过太行就到家了”。语言的隧道，
我们钻了一辈子，当然在来世依然
如故。我们碰杯，数着酒精度，
把花生米放进一个胃里。

还有面条，习惯了平仄对仗。顶戴花翎的
皇城村，压上了醋的韵脚。这诗歌
这诗歌离皇帝只有一步，离范文正公
越来越远。

“每个山沟里都有星星”。带着诗歌
学会了开荒种地，反刍，捋胡子，

把腰带松了又松。匾额、碑记和楹联
是祖先的，要还给祖先。

八百里伏牛山，只是个闷葫芦。
我们学会了鞠躬、作揖，修修宗祠，
学会了抑郁症。让书声压过战争，让红薯和面条
进京赶考。让毛笔去清扫一下庭院。
把国家看成是不肖的子孙。

2009.10.16

在襄阳寻米南宫不遇

南有乔木，不可休思。

汉有游女，不可求思。

——《诗经 周南 汉广》

一定要逆势起笔，像回心术，
牵引一管狼毫。一撇就是半个人，
又一下就是汉水。看不到宣纸，
看不到风樯阵马，祠内的银杏树果子
落了一地，这是顿笔。没有人打果，
也没有鸟临摹，把笔势收紧。不如抱着砚台
睡觉，喘口气，听一听石头
孕育的江山。

2009.10.12

注：米南宫，米芾，北宋书画家。曾任书画学博士，礼部员外郎等职。与苏轼、黄庭坚、蔡襄并称“宋四大家”。曾居襄阳，今存米公祠。

桃 色

轻飘飘的花豹子，成了水墨。
见不到天天。鼓楼前的老戏台，
它咿咿呀呀地现身。兰花指弹逗着
铜锤花脸。从肚脐处烂掉的肉身，
流着桃的蜜。没有咿咿呀呀的痛。
没有床笫。一个举人走过东大街，
青石板映照出阁楼探身的豹子。下一回，
要说到西大街，我抱着一个
釉里红的青花。

2009.9.16

再说断桥：甘露子

此地宜于撒尿，当然之前适合饮酒、
赏月，再说说垂钓和诗文。向对岸或未知
躬身作揖。最后，把一个顿号，
丢在那里。

此刻你牵着它。一片拍碎的杨柳叶，
裤脚的一枚小苍耳。
还有中秋，伞下的梅雨。不可否认，
“你匍匐在土里”。

夜生活还未开始，就几经结束。
你拍拍手，再次躬身，
向恋爱的雀鸟让位。向裂缝中的蚂蚁
致敬。

回家吧。喝粥吧。
就着一盘腌制的甘露子。
“老天，我一直在后退。”

2009.9.13

走 神

一

那是从南大街下来，
到古运河码头，
现在叫锦绣港湾的地方小坐。
看水草稀疏，打哈欠，
看忽儿嘿吆散步打拳的人。
就觉是提线木偶，
是隔着屏幕的动漫。
缺点什么呢？
实在想不起来了就拍着脑袋回家，
也是被别人提着的木偶。

2009.8.11

二

工作间隙，我抽空
爬到了顶楼，
伸伸懒腰，踢踢腿。
突然远处的洛河水面，一个飞天
掠过。她反弹琵琶，衣带飘飞。
我张了张嘴，
又张了张嘴。

2009.8.12

三

早和晚有什么不同?
日头一个在东，一个在西。
早晚，有人爬起来出门，
有人回家安眠。
早晚，李白要来到现代，
你要见到祖先。
早晚，神会离开我一小会儿，
又会回到我的眉宇之间。

2009.8.12

会盟扣马村

这是两个地名，现在是一个。
各路诸侯勒马……他们不征战，不喊。
喊露珠吧。在荷叶间跳跃，用蛙鸣
对话蛙鸣。鹭鸟用长腿，可以跳开思维。
荷叶漫卷莲子，吸一口，
还是周朝的乡土。

这无尽的滩涂，无尽的沙……
漏掉时间之后，莲！会不会
更白一些。

不早了。生下襁褓和村庄。不早了，
黄河拍岸，还会生下我们。

2009.7.31

荆紫关夜泊

丹水右岸。这关口只放了一把鞘。
看不到楚地和秦人。他们耕地，三家人
说着一家话。呼吸也透着江水味。
渔火是新鲜的，人是新鲜的。化香树紧随着
小禅寺，它走走停停。
安静的人叼着旱烟袋，他打铁，或者编草鞋。
把一片烟云含在心里。

我叫她“丹”。我会把狗尾巴草抽出来，
咬在嘴里。还叫她“丹丹”。

2009.7.14

在边客酒吧

在旁边， 边缘， 或者偏远。
你坐下，你就是边客。
不用戴斗笠，不用随身的腰刀。

在别人的屋檐下。不用。
可以喝酒鬼，喝难喝的老挝扎啤。
把青石板踩几个来回，
把沱江做你的马鞭缠在腰间。

北城门上的圆月，它是叛逆的。

你就在自己的旁边。
你也是流放的。有人在吗？
推开窗，江边苗家汉子的土匪烟，
呛得你几个翻身。

心在左边。右边，
还是你叛逆的手。

2009.7.7

断 桥

看来我们真的需要断开，并悬空着。
今后要学会饮酒，垂钓，观察逆行的鱼。
让词与词联姻，然后留出一道出入的
缝隙。没有影子的小游戏。

无法说出下一句。就
一脚踩空，尝试着用鳃呼吸，
举着木栾树的灯笼果。看
星星们行酒令。

更多的时候是木偶剧，张开的嘴，
找不到那一声断喝。
信天游也游不过去。诗歌只会
把月亮抱在怀里。

或者，就让月亮踩着我俩的肩膀，
让野鸟们歇歇脚，让蜘蛛荡秋千。
穿堂风拍打着瘦小的胸膛。可以疯，可以摇晃。
不放过一个戴罪的人。

2009.5.28 端午

王铎故居寻梅

何大夫开着她的灰甲虫，一摇三晃。
她掌管内科，这使我们的心肺有点紧张。
它可能是透明的，也可能被墨迹染尽。
说起书法，要命的是
我总想到拖把，或者阴阳篆刻。

再芝园的荷花落在了宣纸上，还有
影壁旁的青竹，需要侧锋用笔。
有人起着莲藕。珠圆玉润的小美人，
无需着色。它们舞动着一曲
《屈原问渡》。

正像这青砖灰瓦，这清代的木雕门廊，
这倾废的墙和衰草，
举着小石头的牙，用阳文说出
各自的相思病。

池塘边打盹的羊，正试图去临摹
几朵塑料花，一行“连绵草”。
在枝头睡觉的鸟窝越来越少了。
它们举首张望，黄河这一笔
需要一气呵成。

2009.2.4

注：王铎“神笔”，明末清初著名书法家。

橡胶坝

这需要铅笔，用素描
勾出一条河，以及它的风湿病。
假如用橡皮可以擦去，就换成洛水。
一头用来书写，一头
就在小护士司静手里。

她姓司，这个司令是美丽的。就像
美丽的词汇总容易咳嗽，发烧，
走上歧义。她一边用轻声说话，一边
调整着输液管的滴速。

该填色了。她晃动着药瓶，红的
白的和黄的小蝌蚪，它们斗争、和解
好像亲如兄弟。一只黑脊鲤鱼，
显出了鱼肚白。

秋天鼓起了它好看的黄昏色。
蕾丝的纱帘上，一个妃子像极了
凌波的少司命。我只好
把你看作一个橡皮人，练着蛤蟆功。

2008.10.28

【2010】

须菩提

一枚扣子在坠落。它是无辜的。
他们在山中畅饮，开怀，相互抚摸过胸襟。

你正要诉说的黄昏，正要画饼，正要缝合
鸡翅木的皮影。

罗羽说要用“搓捏”这个词。这个词就是
穿针引线的螺丝钉。

窗外是一道温暖的、棘手的缝隙。
原来是半张纸，现在是木柴。

它不想扭住衣带，不想
把烟火交给上苍。

而铁刀木的死结，也是一具肉身，也在说法。
露出它的鬼脸纹。

一尾鱼正要游出那枚被你搓捏的螺母。
它有温暖的锈渍。

呼啦圈的舞台剧，在扣眼里，
登场的是千里眼和顺风耳……

2010.12.2

诸神的午后

我注意到水边的一段朽木，和它身旁的鬼针草，
它们睡着，还在摇曳，还在想，弦切面和径切面，
还要慢慢脱身。

掉牙齿、脱毛发，它沙沙响，还要和种子、和水流
串亲戚。

对面的水鸟是不动的，它正在考虑它的嗉囊。考虑棺材瓤子
慢慢成形。

而瓤是善良的……植物，它只能枯坐着。在水波里，
童年和晚年，将一起抵达。

一起现身的还有酢浆草，它饱满着、无辜着。和我一样，
是另外的一个看客。它的眼斑，正含着一颗
别人的种子。

2010.10.6

湿地来信：割草机

他们在吵嘴，发脾气。现在
炒一盘嘴上来，不能没有烧酒，不能
没有盐和醋。嘴要对着嘴，吹出
滋味鲜美的小湿地。巴掌那么大，
小世界里没有蛐蛐和蚱蜢，割草机轰鸣，
像个骂街的女人，偶尔跳着脚、拍屁股、指东道西。
草腥味使我们喘粗气。

像多余的乳汁，多余的理论和毛刺要修整，
他们流着蜜，罗姆人正抽出自己的身体。

踩着青鸟的脚印，把腿变长，你就是那朵穗形的水蓼花。
而我们就是香附子，交出歌舞，交出诗，举着满头等待切割的子孙。

2010.9.12

京都记：线人

“当流水漫过沙滩、蒲草，还有堤岸，
他们秘密地交换着香烟、摩斯码，
当然应该还有眼神、嗅觉和武器。”

“那个操刀者就是个出版人，
一条唐朝的水蛭，不得不拉长了身体。”

“而耍长枪的人乘坐城铁，他刚刚
从地下钻出来。还没来得及打开
荷叶包裹的胸部。”

“要警惕空洞的奶嘴，他吃掉的是理论，
消化的还是理论。”

“当蒲草漫过了身体，你将看到蟋蟀和预言者
把偷税的袋鼠诱骗至街角，不可否认
他们的暴力就像是一场爱。”

“站台上的交接此时正无所不在。湖边、酒店或者卧室，
手边的书案，渗出盐和碱。雨滴和蜘蛛正垂落下来，
两个迟暮的游魂，要写下手记。”

“这个人，是红色、绿色，还是蓝色、黑色？
他们会印在窗棂上，偶尔晾晒的内衣

暴露他们的嗜好。我不想说出的……梦想。”

“正是这些线人，得了遗传病。
在诗歌里，没有人，叫他汗八里。”

2010.9.2

京都记：风入松 · 单行道

在海淀路，我选择步行。不仅仅是因为
这里是单行道，是我要慢下来。轻一点，
悠闲一点，滑过北大门口，像那个遛鸟的人。

不可能入松，也不可能入路边的槐树。
我困惑于它们的出身，以及定义和戒律。现在是暑期，
教授们混迹于市井，影子在书店里静坐。

没有人说话、寒暄。书页翻动，风
入松，我看到了熟悉的人，喃喃自语，念出声来。风
雅颂，文字跳了出来，它让我念，“水葫芦爬到了大街上。”

向左长，向右长。疯葫芦的单行道让我惊惧。
再向内一些，再向外一些。我晃动着身子，腋下夹着书。
一位五四老青年，让槐花扑簌而落。

2010.8.13

京都记：西三旗

应该还有西一旗、西二旗，
但它们是个空白。现在，
我在另一空白处喝酒，
就着俄罗斯和希腊，这是蓝蓝和汪教授
刚刚去过的地方。我们聊着熊
和它的大家园，以及希腊人民的游行。
蓝蓝姐也游了一把。当然，
她加入的是亲爱的共产党的小分队。
后来和罗羽、永伟通电话，一个让我多喝，
一个说少弄啊，身体要紧。
是啊，我敬爱的身体，一下子
就站在了十字路口。
烈日穿过尘土，照着镶白旗的兵营。
我上马告别，没忘记弹了弹
长矛和铁甲。

2010.8.9

京都记：立交桥

可左，可右；
可前，可后；
这飞行器钉在地上，
开阔的天空，
转瞬即逝。

另一个场景是，
一只兔子去了歌厅；
一只老鹰，
在酒桌上战斗。

那只结构主义的蚂蚁
正建造通天塔。

2010.8.7

杀手们

我在词语中找镜子，那些蛰伏者，隐藏太深，太久。
太阳早就发火了，河水奔流，带走了一些看客。我手无寸铁，
只有骨刺。我最后的暗器，揣了一生，也磨了一生，是时候了。
土豆们，红薯们，还有那些以高粱为旗的兄弟们；请洗把脸，让我们清楚点。
唤醒那些土里刨食的，引车卖浆者，流浪的歌手，卖身者；把手洗净。
让蚱蜢回归草丛，让羊群找到苜蓿，让人民回到自己的肉身。
要拿好桑叉、镰刀和锄头，定点清除那些病菌、稗草。
那些发霉的词，那些污染和病变，要安排一场战争。要学习洪水、地震，
要一窝端掉。革命不是请客吃饭，要摧枯拉朽。我们不是隐士、不是忍者，
不是抑郁症、焦虑症、疯牛病、不是精神病患者，我们不是。
我们不是口吃者、痴呆者、残疾者，不是滔滔不绝语无伦次者。
我们不是你认为的，不是你准备说出的那个鸡肋、那个鱼刺、那个词、那个表演者。
面对一场劫难无法收场。就像这首诗歌，我无法收场一样。

2010.8.2

蚂蚱变奏

喓喓草虫，趯趯阜螽。

——《诗经·召南》

这一场跨栏跳没有尽头。
我们伏在草丛里窥视。隔着遥远的经卷。
叫两声，吐一口黑痰。
没事的时候和宪兵抖抖翅膀。

一位天外来客扰乱了阵脚。
他不叫，也不飞翔，谦谦君子不思念。他是竹编的。
刚刚享受过割礼的快感。

2010.8.2

溺　水

你确信，水中有一把古琴。
要先净身，排除体内的木屑和铁质。
再看一眼竹林，它的前生是小青，而来世
就是那个乐队里的吹箫人。

河流扯出了折叠的长镜子。奶奶的梳妆
是一场念颂。她反复拍打着
大地，“回来吧，回来哟。”她确信，
你会从水里长出来，并顶着一片大叶耳冬。

而镜中的白云里挤满了火车。你听到了鸡鸣声，
正做着一个个的填空题，现在又清空。

这是在山谷，我试图长出腮和鳍，吐出
体内多余的水渍。你合上了另一本书，然后
慢慢合上自己的身体。

2010.7.11

花 妖

那个校书郎正挑灯夜战，思路开阔，大地空旷。
芙蕖爬在水面上，下面铃儿叮当。掘墓人
拨开丝绸内衣，抽出一根肋骨，我抽出狗尾草的
细茎。这时你就“哼”的一声。

我们在枝头饮酒清谈，榴花如燃，对影成三人。
花姑提溜着小灯笼，一段段引文，单瓣叶子
被蚂蚁拖走。这时你就“哼”的一声。

我们一起嚼草根，养虫子喂妖，耍花拳绣腿。
在黑夜里玩魔术，招蜂引蝶，在空白处做爱。此处无声
对影又成三人。这时你就“哼”的一声。

木铎声声，上山采药。接骨草、鸡眼草，都是草的
舅舅。六月西施，八月桂，左拥右抱的
两个妃子。那个在皇宫里抽筋的人，幸福地笑了两声。
思念着正宫娘娘——狐狸精。

2010.6.22

荷 塘

这沉默从青蛙开始，好兄弟。
我们一起摆好古琴，再收回去。这对话有葱绿色，
现在倒栽葱。幸存的一支荷叶，盖着
古老的下半身。

我的胸腔里有轻烟袅袅的火葬场。一个个粉白的莲藕
推进去。左手拿葱，淤泥厨师正摆弄烛光和晚宴。

我的好兄弟在割麦子，喉咙辛辣，旁边是燕麦。
他随手就割掉了一对辩经的僧侣。

我吁请的乐队里还有蜻蜓，它的运输机
在六点钟方向。装载的黄昏里
有摩西十诫、游鱼、剥莲蓬的小儿，我们回家，
我们纵身一跃……

2010.6.13

瀍溪居意

我能说的话越来越少。她们
在吃我昨天的叶子，那个卖桑葚的妇人。

嘴和手都染黑了。小虫子，
把变暗的话语钻了个洞。

遗忘的、漏掉的，一个新鲜的水坑。
洗衣做饭，炒过的菜又炒一遍。

在朱樱桥，站在别人的镜中。明天还会，
摸摸石头的手，像个中医。

从身后搂住一棵细草，
气若游丝。面颊温暖。

2010.6.8

花 犯

午夜，狂风扑打……窗棂。
牡丹又卸了一层内甲。

乌骓马飞出栅栏。布谷鸟隐身山谷，
寻找周邦彦。

一左一右，
我和吞脊兽在唐朝跽坐。

2010.5.19

四十自述：每天死去一截

一棵树越活越矮。半截子入土了，
还用脊椎骨说话。喝酒拍桌子，指桑骂槐，
像孔子一样，火中取碳，每天废掉一截。
函谷关破了，老子已无形无德。每天
佝偻着一段朽木，不耕而食，不织而衣。
抱着水泥新娘，周游列国，修修补补。
偶尔灵魂出窍，吐泡泡，念六字真言。
一只刍狗，在一棵草叶上逗蚂蚱，
并带着另一棵草回家。而猿猴在书本里荡秋千，
废掉了一座国家图书馆。

2010.5.10

在远处高飞的……

在河湾，牵骆驼的胡人迈着大步子。
朱樱桥骑着麈溪，它读书。当然，
骆驼背上的吟诵更加抑扬顿挫。现在，
它们是河湾的一部分。垂柳是另一部分的
卜算子、调笑令，你踩着唐朝的甬道，他们在远处。
燕子低飞，从水波到衣皱。浣纱的妇人
正在垂钓，他们变幻着，它们不动。
而麈溪正带着他的边角料，火狱中
施着三彩釉。园中捶腰的老花工，
看一眼高飞的天空，说：
这里是洛阳城，老梅花，少牡丹……

2010.5.6

桃之夭夭

桃花开了，牡丹也会开。
你的弦板腔正压着梅花韵，现在是四月，
将来是三月。鸡叫四遍了
你还在哼小曲。把桃花摹了又摹，说
我还是喜欢居延汉简。

跑了那么远，都走形了。
瞧，你爱怕了。“夭”字的帛书，
就是桃花枝。拄鸠扙的老寿星，
空脑壳。大枕头。

2010.4.4

在长安和唐僧对酌 梨花未开

那时我从大雁塔上下来，
就见他在广场上站着。
那么多人在看他，像个犀利哥。
我敲了敲禅杖，说：小陈啊，
老乡该回家了。

2010.4.1

注：唐僧，唐玄奘，俗家姓陈，名袆。出生于洛阳偃师缑氏镇陈河村。

在汉阳陵看视死如生

一群又一群的马牛羊
和猪狗鸡，六畜兴旺啊。
有人挥着鞭子，后面还有
一群侍女，一群小妾。
左襟压右襟，千万别压着我最宠幸的
素衣女陶俑。

2010.4.2

赏《梦回大唐》 曲江水暖

真的梦到了，卷着棉花糖，用舌头舔。
曲水流觞，还搞诗朗诵。
泡温泉，洗澡，鸳鸯浴就更好了。
浴戏莲叶东，浴戏莲叶西。
浴戏莲叶南，浴戏莲叶北。
当然，只有诗歌才能做到。

2010.4.2

皮影重重

驴日的，驴都跑哪去了？
都是牛皮做的，吹牛皮。
从朱雀街到城隍庙，到大唐西市，
我只见一群骆驼摆造型，不说话。
伊沙说，在山旮旯旯里呢。
哑嗓子，学长调，驴唇找马嘴，
小官人要娶那俊婆姨。
小样，挎宝剑，背靠旗，
戴上面具我不认识你！

2010.4.2

午夜在蓝魅酒吧想起阊阖门

厌见桃株笑，铜驼夜来哭。

——李贺《铜驼悲》

相信春天是有罪的，甚至人类。
现在是三千佳丽和蜜蜂在打鬼子，
放风筝，铲除体内的异己。迎春
她开花是有罪的，从阊阖门望见永宁寺塔
是有罪的。

皇帝在阴影里，他做梦是有罪的。
我们玩斗草，打呵欠，放天灯是有罪的。
从铜驼大街上走过是有罪的，现在是麦地，
现在是你我，现在是午夜的狗吠声，
追逐着人类。

爬上墩台和柱础是有罪的。黄昏的光线
是有罪的。微笑是有罪的，走过的大风是有罪的。
向首阳山张望是有罪的。
黄土台基是有罪的，故城也是有罪的。
我哆哆嗦嗦，一口气上不来同样是有罪的。

向每一棵树作揖，下辈子
就是一棵树了。老天！
在春天，谁不是那个撒野的罪人。

2010.2.26

雄 蚁

命该如此，我们有短暂的空中婚礼。
当然是飞行，当然我们是向爱索命的人，补充
鸟类的食谱。我们有短暂的，
毁掉的，遗忘的……

想不起前生，更无从来世。护士站里，
为昆虫加冕，蜗牛送出她的小宫殿。
过早降生的婴儿，为了返回，我们以命相搏。

需要确认蚯蚓，确认兵蚁，公的和母的。
确认虫草的模糊学。没有封神，
就没有人张榜。你是你的，怀揣《拟山园贴》，
我两肋插刀，还是自己的草头大王。

2010.2.12

给壁虎打电话

打竹板的说书人正在搭鸟窝。
他无处可以安置清风明月。
遥远的寨主独守水泥大地，
发狠心，撒怨气，侧目而视，
像个白脸奸臣。舌头上的庙宇
是孙猴子，战旗插在屁股上。
要不要考虑王佐断臂？

好呆，咱也是一只老虎。
身怀家传武功，敌手林立。
在黑夜里吃人，
也在黑夜里造人。

2010.1.31

车过虎牢关我长出了一口气

“蚂蚁也学会了越轨。”我合上雅各泰，水雾弥漫。
我们同样学会了钻洞。伏羲台、凤凰岭，采薇人
背着空背篓。一只乌鸦就是一个幽暗国度。

而猫在风景里打秋千。岭上崖头，梧桐开始考虑
一场剃度。后视镜里，唱歌的人手拿方天画戟。
她说，“我想念吕布”。

“诗歌就是个植物人，它的星座还是个未知数。”

打激素的蒙面人，额头宽阔。
他跟踪上了高速路。我怀疑自己的前生
应该是马蹄上的紫花苜蓿。

2010.1.19

岔气

要小心旋转楼梯，弯道，空气中的潜伏，
道德的异教徒。当然，壁虎的长舌头，
会是一场吻。不关乎政治与法则。像
小女儿的斗嘴："我整死你"，溶解了
我的坏脾气。

要轻言细语，颔首，微笑。并小声咳出
你的焦虑症。躺下，起身，用慢镜头回放，
含羞草的窒息。窗外，"空气里挤满了天使"，
而我要的也不再是士大夫。

2010.1.14

诺亚方舟之一种

我要在楼顶栽一棵松
让它在悬崖上迎客
吸引馋嘴的松鼠 不欢迎远亲
招纳闲云 不收留野鹤
让老人在楼顶对弈
童子们沏茶 小女子
且去弹琵琶
让攀岩爱好者去捞月亮
最后把他们都搬到云上去

2010.1.8

更晚一些

更晚一些，鸡鸭归笼，牛羊入圈。
更晚一些，禽兽出没，神仙也要下凡。
我更晚一些，带着容器和避雷针，不群不党。
一个人和旧日子推杯换盏。小青
和小倩率领幽灵部队，渡大河，飞身上岸。
更晚、更晚一些，
风开始带着硬骨头，绣花针……

2010.1.8

黑桃A说话

垂柳在扔骰子，这个疯女人，
大风和风的小姊妹。木铎声声，
老夫在秘密酿酒，玩魔术，爬到楼顶数星星。
瘸腿的拾荒者，他骑扫帚，骂骂咧咧
练习飞行术。我侧身，打个趔趄，
避免了一场撞机。

在东大街，老槐树出墙了。鸟窝
越来越少，它们在打东风。并随手从怀里
摸出一枚二筒。文峰塔倒了，这小子，
揣着寒冷的梅花K。说醉话：
过了洛阳桥，要么重来，要么
就不认识你。

2010.1.4

【2011】

腊月，或者蜗牛飞天

它决定飞。
身上的钢筋和水泥就是鸡毛，
屁股后有催产针。

它在练倒立。
众多走失的盐、粉尘，他们叫霾。这个动物
和果子狸暧昧。肥体，发情，
戴假面具。

送鸡毛信的牛已经离家，
据说它裸奔，玉臂飞舞。打着落叶的小黄伞，

而落叶正扎堆，媾和，准备圣餐，
在灰烬里重返肉身。

空气里有金属味，有伏兵味。戒律和修养，
不幸成为饭锅里的一对破鞋。

它决定飞，不能再等了。
从壳中抽身，从雌中抽出雄，它就是叫天子、叫花子；
或者反过来，它就是飞天。

2011.12.31

仙人球

阳光正寒，仍是个害羞的
白瓷器。那个发热病人，习惯于
在马桶上睡觉，这是它的办公室，
规则和潜意识，有成排的枪阵。
厨房里有新欢，拆迁的雪已找不到旧宅院。

红月亮，绿月亮。正演绎一场
封建的小贱人，推杯换盏，交颈的红娘
正褪下语言的涂层，当村长。

跳楼的人得了遗传病，和萝卜白菜
是近亲。星空里的仙人，
有植皮之后的交尾戏。

送水的民工，他哈热气，跺脚。
选举出的皮影，正送给
花瓶内小径分岔的味蕾：
肉质。
多浆。
草本。

2011.12.17

慕田峪北望

峡谷在愈合。一条马道牵着莲花，
那个村子竟然叫莲花池。
它石头里的风筝，它遗弃的岸。

抖不开的长练，桅杆，
古老的风影子，模拟长蛇阵。
吹笛人被缝合于荆棘丛。

不确定的鞑子，挖掘蓝色池沼，
泥土中有金船队。柴扉上住着，
月亮残缺的夜游魂。

鹰飞。倒仰。礼貌的红灯笼，
天空的镜子只照出火的畏途。
火也是古老的遗嘱。

垛口。箭矢作为小号醒来。
神在马背上喝酒，
“草原上的蚂蚱沙沙飞，
一个翅膀挂两杯……”

2011.10.21

清晨总是更高一些

身外，众鸟总是最先醒来。
不在天空的某处，他们呼唤天空
使大地更清晰一些，使你我现身。
而一个个的证人
总是最后，芝麻张开经卷。
起句应当这样发音，嘟啊……

邦克楼上的召唤朝向东方，广济桥和任惠桥
在风中洗身子。不可否认，戒律
使它更美一些。白头巾、花头巾，
以及张开的念诵，瀍溪翻卷，
垂柳垂得更低一些。

我疑心这里是大唐东市，车卒、贩夫和地丁草，
又长高了一寸。难以剥离那些叫卖声、盘算、
红薯和马铃薯兄弟。
宰牲也倾心，细微的温暖、救赎，他们无可替代。

一天就这样高了。则天门前，
不见了遣唐使节。清晨就在阳台上悬着，
我怀念那个在西域征战的
高句丽人……

2011.10.17

京都记：交大东路

原来这是条挂鼻涕的小胡同，
如今是大街。我拖渔网的手有些僵硬，
便交换着，同窗和胎记。1989年是温暖的，
一尾鱼阅读云上陈旧的铭文。

这枚纽扣，拆开又订上。词语已近中年，
煤黑子在暗中走动，用身体搭积木。
我们一错再错，首先是婚姻，再次是子嗣。

现在我吃着蜂窝状的莜面，不消化，不流泪。
浮在街道上，打鱼晒网，不着边际。
还和大家订下了娃娃亲。

2011.10.9

我在精心打磨一枚月亮

借来了所有的必备工具，
磨刀石、转轮和水凳，
我准备精心打磨一枚月亮。
首先查看棱角和边锋，打腹稿。
再借来雨水、垂柳、冰雪和礼品盒。

哦，该开始了，
我抛出一枚硬币，再接住。
盘算被阴历覆盖的正面和反面，
挖掉苔藓，除去锈渍。（当然
边角料可以制成一味中药丸。）

磨掉传说和文摘，抹掉其余的手、目光和眼泪。
最后是抛光、打眼，
挂在脖子上，别在腰里，或者佩在额头，
像个异教徒，
我就是自己的绿度母、白度母……

2011.9.13

后视镜

两个老太太在扯布，刚刚浆洗过的，她们一起后拽。
皱纹里有土布的粗纹理，她们是清晰的。
我恍惚于绵软的视觉，打着灯笼找人，找不洁的石龙草
和水蓼。它们还歪着头，算计干枯的车流。
背阴处，蝙蝠唤作飞鼠。有虫长吟于地中，做古今注。
餐桌上的鳖，叫河伯从事；手抓的羊，叫髯须参军。
燕燕于飞，她曾是天女。我只能找神仙，
阻挡不贞的老身体。

2011.9.11

夏日拉比

清晨的书写，隔着一道影壁。
收藏了一整夜的蝉，和第三只眼，现在
是跑动的悬崖，生长披星戴月的老榆树。
——是时候了，需要把身体打一个洞！
它是易腐的、有情的、共鸣器，吁请回家的木柴
和无家的文摘。
——是时候了，那么多的呼号和咏叹，
就在影壁上。一个犹太拉比
嗓音低缓，目光淡定。

2011.8.17

龙门大道访邵夫子

我固执地认为“击壤”就是以杖戳地，
愤怒的辅助动作，这想法不可置疑。
假如换了木铎，就需要加上
吟诵。语气和节奏，一小车赏心的助词。
——这是不可知的部分。

天津桥未尝不是游戏的开始，月亮这面铜镜，
照出腹部栽下的竹子、桃，还有一大片空白，他们常常留着。

无数的快意往往在花阴交处。洗竹，翻书，异乡人！
此地宜居，宜安乐。胸中的马正吃草，正要长出翅膀。
生活多么少，日影东移，少到一小段宿命。

我曾长时间注视一株玉米，他们牙关紧闭，胡须越来越多。
吝啬的甜，每一节语法都带着节制的冲动。

每一次出场，都固守着宽恕的美德。耕读传家，不游戏。
旁边的草木堂书店，就是竖版的屏风，它应该是药房。
微醺的老者，隐身或者不吟吟。

注：邵夫子，邵雍（1011~1077）北宋哲学家、易学家。字尧夫，谥号康节，自号安乐先生、伊川翁，后人称百源先生、邵夫子。其先范阳（今河北涿县）人，幼随父迁共城（今河南辉县）。1049年迁居洛阳。仁宗嘉祐及神宗熙宁中，先后被召授官，皆不赴。创“先天学”，以为万物皆由“太极”演化而成。著有《观物篇》《先天图》《皇极经世》以及诗集《伊川击壤集》等。洛阳今有安乐窝、邵雍故居、邵雍墓地。

代坪村：行为装置·海蚕虫

抱歉，我只能搬来笨重的词，抱石块去砸水潭，
让词与词去斗争，转身，拾起拆散的鱼骨。

在溪流里讨论和翻捡，看倒影，滚动石头的脸。
这相框适宜倒挂。

大家都是这虫子，见鬼的钓饵。想必梦想也是，
油桐还青涩着，和香囊练习老死的距离。

画像是干裂的，神经过了过滤网，石头们捞月。
人民在跳舞，翻盖新居。

一只羊就是一只选择性的水滴。现在它是紫微星
漏掉的……诗与思。

“母亲曾说自己是三仙姑下凡，她疯了也太小气。
换了我，就是西王母。”

2011.7.20

斜刺里

这是个地名，说它是就是。
像履道里，善和坊，坊间有这样的流传。
在伊洛河谷，群蜂和麦子刚才还举着
他们焦黄的头。刚刚净身、倾斜，吐出
一句经文里的先祖。

小道上来的布谷鸟，摇着拨浪鼓。斜刺里，
斜刺里。镰刀滑过膝盖。一句话
在麦管里开始转喻。

一个人乘车。一个人吃饭。一个人呼吸。一个人
实习着沉睡。他刚刚和我擦肩，目光淡定，
一个瘦金体。

教堂的尖顶。一个苏菲胸前的弯月。
这首诗歌孕育的骨刺！
它们都弯着腰，怀抱着斜刺里。

2011.7.1

花溪小憩，或玻璃鱼

这是民国的一粒词，让抑扬躺下睡觉，
把顿挫扔到山外。山和山的先生们，喝茶，假寐。
我就是水面上、落叶上的一位内人。

抖落了头饰、线装书的插图，
洗去封面和环衬。指缝间漏掉的美德，
需用粗布揩拭，水酒漫到桌面，古诗现出纹理。

布衣等于扳着指头心算的墨渍，草芥温暖。花仡佬就是
一粒词，在溪中摆尾

2011.6.16

在郏县三苏园见牡丹花

我想起“郏”应该是灵魂中的一个词，
你抽屉里的夹层，广庆寺内的小耳房，与身体厮磨的郊区。
小峨眉，就是一个奇数，小小的异类。钟情于
用草纸包裹着诗歌，治疗梦游症。
这草地上的纸飞机，也可以贴着墙壁，飞。
月亮也在变调，翻跟头，藏在草丛里。现在这枚干粮
被我夹在怀里，红槐花、白槐花，我们走。
乘客仅限这三个词：三人行、衣冠、
和被象征漏掉的牡丹。

2011.5.7

注：三苏园：位于河南省郏县城西27公里处的小峨眉山东麓。背嵩阳，面汝水，山川秀丽，风景宜人。北宋大文学家苏轼、苏辙与其父苏洵衣冠葬此，至今有近900多年的历史。

醉游洛浦并作别跟喜先生

洛神在河面上领舞，我们沿着分岔的小径，
看到花丛中的飞天。作为蝴蝶的前世，
我们存在过分的蠕动。当然，不介意抒情，它是免费的。
假如把节目单抽掉，我们有着三彩的内衣，
和远方细细的布谷鸟。

“欢喜”是个博物馆。我们翻检、抚摸，
把河岸看作是长颈的斗彩器。迎春啊、梨花啊，
它们是寂寞的。

我们都系着不知名的阴亲，无数个春天
只是一个人的变脸。一群牡丹，在另一个世界里
正赶来，正擦拭掉铁锈。

我确定这是场喜剧。我们在拥堵的路上，
把玩呕吐的前奏曲。李白啊、杜甫啊，
都是寂寞的。

2011.4.5 清明

你想说的短见其实做起来很难

肯定都有这样的念想，在水边、崖边就想跳，
或者看见刀子就想抹脖子了事。看到秋天就不想再遇到冬，
喜欢雨那就让它一直下着，或者故意得一忘二。
父亲多次绝食，但还是病要了他的命，他说下辈子
托生个能跑能跳还能飞的动物。这只能是鸟类，也可能是鸟人。
你看梅花、柳叶和白玉兰，正赶着在投胎。
它们都是人的名字，都曾叫过他们。现在又来了，
谁知道它们的前生又是谁。它们活着，叫受苦，更叫受活。
像这首诗一样受活，不会痛，更不会自寻短见。

2011.3.12

父亲是一株有毒的植物（组诗）

你的嘴里咬着石头

是舌头，现在正变成石头。
上面的话语是冰凉的，在闷葫芦里熬着。
你已无力咳出那一声
略带体温的叹息。最后的声音是一滴泪，
是你的全部交代。
我又把一小块石头放你嘴里，
你能否带走一粒沙尘！

你双手放在胸前

你双手放在胸前，保持这个
最后的姿势。我无法给你换衣，怎么都不能。
这是你留给我的难题，像一场告诫。
你用如柴的手，护住了消瘦的肋骨，
还有肋骨下的一声叫喊！

那是颅骨在碎裂

他们把你放在盒子里，却无法合上。
他们重新把你打开，几块颅骨正翘着，呈弧状，像我小时候打着水漂的瓦片。也许，你正飞在灰尘里。
接着是“咔吧”几声，他们在按压，
反复按压，然后盖上小盒子。
这永远使我头疼，总听到“咔吧”几声。
我灰头土脸，摔倒在尘埃里。

我不停的跪倒在地

我不停的跪倒在地，双膝接触的是石子、瓦片，
更多的是灰尘。亲人们排队在我的身后。
去完北坡接着去南坡，送完一程是下一程。
你去过的地方我再跪一遍，最后跪在坟地，
我已无法站起。双腿、双手和额头，沾满了
灰尘、鼻涕和草屑。大地空空的，正如此亲近地
收留我手中的一把灰尘。

你的毒素正渗遍全身

现在你就挂在墙上，我每天回家，
先给你鞠躬，上三炷香。
今年的春联不贴了，还不能串门，要守孝百天，好在不是三年。
我就一个人在家，喝闷酒。有时候你也来，
不说话，只喝酒，还有那滴泪老挂着，这使我揪心。
你就在我的后边，还附体，自言自语。
我去哪都背着你。这不怪你，

你的轮椅我扔了。像我扔掉的故乡，空空的，
一直在头顶挂着，不断加深着的疤痕。

2011.2.27

“那些孩子们在吃冰块”

他们正被深耕着。跑动在大风里的人，
像是找回来的零钱。这些碎想法还挂在柳枝上，
一同衰老着。另一个作业者，正把牛赶到病床上
反刍。也是个老父亲。

肋骨扎着胫骨。他陌生的朋友们，
被语法所惊扰。那是从老戏台
传出的慢长调。应该是个叹词，此刻照在镜子里，
正要锣鼓铿锵，亮家伙……

他郁结着一口寒气：“那些孩子们，
那些孩子们……”

我还在说梦话，算日子，过河拆桥。
还想照镜子。这既没有段落，
也没有深度。

2011.1.17

我深深地怀疑他们

凌晨起身的老锁匠，
翻拣着他的孩子们，
现在是一团乱麻。

骑单车的送奶工，
正赶着一群牛穿行大街。路灯
照亮了她眼角的一丝泪光。

天桥下蜗居的犀利哥，
正趴在窨井盖上取暖。
他浑身热气腾腾，像
刚出笼的肉包子。

病床上艰难翻身的老父亲，
骨骼咔吧一声。
他跑掉了一条腿，接着
又掉了一条。

我怀疑他们，深深地怀疑他们，
要离开我们人类，
这让我彻夜难眠。

2011.1.14

冬日信札

小麻雀飞过了，一个漏洞。
电线上的栖居只是一句告白。

让落叶返回枝头，这需要
词语的黏合剂。
有些人打了死结，有些人
上了流水线。
我们在抽屉里睡觉。更深处，
残荷要再一次邀请，
泥土中的倒影。

2011.1.5

【2012】

从钨丝到钨丝，吸奶器……

这是一场无法完成的对话。
围坐的人头顶伞形花序，他们发着光，词语闪烁。
再深入一些，就会进化成
大戟科植物。学语的人不再呀呀，埋葬一次，
还可以埋第二次。

“黄昏从黑暗里取出镰刀”。一粒词
就是一个遮蔽物，镰刀是偏执的，黄昏也是偏执的。
一枝荷包牡丹开始发糖果：脱下衣服，
你就是一株好灌木。

摁下开关的人是有福的。未完成的女人，残稿。
反复加固的修辞，有金属质地的奶嘴。
这钨丝开始哺乳，掀开两个清晨，
一个规则是干瘪的，
另一个是有豁口的刀片。

看不见的刀片在发炎，咳嗽。他头发花白，
仍在拔苗，去剜稀疏的蕨类。

起风了，一株枣树还没有就位，
我已无力将你生出。

不过如此

如此，你就是一个部族，在古道晒肠子，
并在前方摆下灶头。

和卵石比肩，在拍打中酣睡。
一场宁静，或不可言说。

风影菜正褪下衣裳，一字长蛇，
它的阵法叫做献身。

如此，“客官，说说尿布吧”，君子比德，
有着小补丁的杂耍戏。

如此，“形而”上学，赤女采玉，
吃月饼的人有了自己的加冕礼。

宣纸展开，如此，兰竹笔片刻空白。这张纸是云给的，
一只叫天子的骨气是根悬梁的绳子。

如此，客官慢走。
月亮，不过是我离散的小女儿。

2012.10.5

在南关码头寻月陂并觅河堤谒者

四月，柳枝上的雪狐狸，
穿过了雷家口街，南关门，在码头驻足。
桐花的乐队，舳舻相继，长号手就是都水监。
他司水，还是郎中与谒者。

运河就是它的病人。
骑着它的慢驴，它一病再病，
我们放河灯，纸船，呼它“一湾秀水”。

2012.4.15

早 安

春日正携一卷《周礼》，
走街串巷，然后上山。遇鸡人、酒正，山体正艳。
牡丹和桐，充当猫的家族病人。
邙山下的大唐后宫，无法歌颂，无法描摹绽开的
众多性器。跳崖的老虾米，血脖子父亲，
撕下了一根肋骨，这是伏笔，也是伏兵苏格拉底，
钩吻叶芹汁要了命。我的债务是一只鸡，献祭的佣兵，
他偷梁、换柱，品尝荆棘的初夜。
墓大夫说，“他的嘴在捕捉残余的空气”，遁。
姚黄、魏紫，仆人洛阳红，避开女御和九嫔，
避开歪脖子土训。她们是走失的、出窍的一段木头，没有根茎
也没有枝叶。面对群山，它把一声诺交给羽人。

2012.4.6

在道和茶社见三不猴

能看我这个人一眼吗？不能
能听我倾诉吗？不能
能告诉我你的秘密吗？不能
你是木头的，石头的，我不能非礼你。
你们在叠罗汉，下一刻
要去捞杯中的月亮。

2012.3.11

人鱼传说

我不飞翔已经很久了，
并且还要继续。现在
要变成鱼，一座城市要潜入水中。
不可否认，这是尘土的家，
它的卧室里，有倒空的乳房和子宫，
两个空口袋。是的，
要给蚂蚁们一个胶带，将封口扎紧，
鱼鳔是必备的自救工具。
最后，我把自己扎紧，沉入水中。

2012.2.22

2月8日见龙门首阳二山

撒尿的功夫，抬眼
见龙门首阳二山，
一个在城南，一个在城东。
这是第一次同时看见二山，
一座山上武则天捐十万脂粉钱
修了大佛，
一座山下伯夷叔齐采薇而食，
后来都饿死了。
他们之间好像没什么联系，
人走茶凉，
山还是山。
今年十五的月亮十七圆，
这也没什么关系，
明年还圆。
同时看见的还有两个烟囱，
（这已经很少见了）
一个是热力公司的，
一个隶属于空空导弹研究院，
它们都冒着白烟，
互不干涉。

2012.2.8

在瓦库吃茶

这瓦片上有青云，放飞孔明灯。

茶碗里也有一盏，照着离线的家国，月亮在二胡的丝线上。

灰瓦下，我们裹树叶睡觉，蚕茧吐丝。鳞，游走于滴檐。

瓦缝里有猪笼草，杯中正搭建织布机。瓦的眼，老年斑，勾栏去逻辑。

2012.2.6 元宵

薄 酒

这矮脚的杯中有赤兔马，它追风。
一小节春天就是中空的，适合吹奏柴门，犬吠。
马兜铃也带着怀乡病。

妇人们在上香，撒秕谷，
乌鸦和花喜鹊，它们互为序跋，
人首马身子。

铺开熟宣纸，鸽子在走跬步。
刚刚拜会过墓地，杯子就空了，
酒精度里藏着信使。

梅花枝上，阳燧作揖，它东倒西歪。
“这黄瓜，新鲜出炉，顶花带刺。”

2012.1.29

【2013】

头疼欲裂之诗

我确信，脑子里的一根筋
要做弹簧。一头是我的血肉，
一头可能要挂在云上，
他们撕扯着，看谁能钩住谁。
有时候我怀疑他们都怀有鬼胎，
癞蛤蟆和天鹅私订了终身。
我用有蹼的手划拉一下，
胎位会动一下，这很要命。
想起山中的鹅耳枥，
它长着鹅的耳朵，
要偷听天的叫声，
这使我的身体又裂开了一点。

2013.6.16

蛙脸剧

不需要羽毛、油彩，不需要
挽发髻、穿裙裾。也不需要
拿鹅毛扇，和鹅有什么关系？
剑永远在鞘里，鞘也是无形，
但鞘只是一个假嗓子，它就
在那里待着。不需要执着于
美或者美德，问道或者道德。
不需要坐在鱼缸里隔空打牛，
可以给语言一个身体，山花
给个烂漫就是谬误。不需要
打留置针，它有换气的可能。
天黑了我们就开场，就是黑
才有唱的可能，也只有黑暗
才配当一座发电站。好了就
开始，瞪眼珠子，鼓腮帮子，
这是第一幕。谁的眼瞪出来
谁的肺气炸了就是骨肉分离
的高手。当然这有点血腥味，
不过还有第二幕，我们开跳。
投河还是跳楼？你说了算数，
我们和伟大就差一步。最后
只是一场虚惊，大家都闭眼
相互跳到了对方的鱼缸里。

2013.6.12 端午

面对面

现在，我们坐下来，
而前方无人。
这也许是个悖论，那张脸只是个暗示。
注视，微闭，还是顾左右？
似乎也不可考。但有一条游丝，
你肯定就在中间，一条阿佩莱斯线？
给它一个身体如何？示博列的口令是分岔的，
波斯语说胡大啊，
一边是象形，一边是会意，
我的方言是“大大”。
似乎性别又是一场意外，性别也脱臼？
这部分的嗓音，
贴在镜子的背面。隔着墙
我仍可以看见你，挪动凳子，
端起茶杯的手上有一只眼睛，不过它闭着，
似乎对话已经完成。

2013.6.12

在沁阳北大寺想起策兰

——给蓝蓝 单永珍

主啊求你使我的坟墓光明，
使我的骨头中有光。

——《古兰·圣训》

我们来得太晚了，一个人
也是一群人。从书还未来得及打开，
已经是插图走失的部分。

这里是怀庆府，一条晚街上，
清洁工正努力地去捕捉
一张蝴蝶纸。晚来的琉璃瓦，
比石榴花要更云一些。
砖砌的穹顶，
端坐在巨大的耳蜗中。

聚礼日祷程是嵌入式的，月亮会碎吗？
但石头是会说话的婴儿，这是月亮的一分子。
龙滴水，有雨的时候
它要说波斯语。

但反抗如浮雕凸现，每一块石头
都是一个绝食的囚犯。忍冬纹的举意，
都镌刻在脱帽礼上，那是气孔眼睛，

将要落在地上的血政治。

在釉面背后，
所有的诗人都是穆斯林。

2013.5.31
6.1 改定

注：此诗引用了谢尔·埃斯普马克、策兰、茨维塔耶娃的诗句、意象，向大师致敬！

除了白皮松，还有蚂蚱腿子

当然，这可以吃，除非你属羊。
不像前者，一个裸体，在山巅或者崖壁上，
只有闪电才照亮她。同样是在概念里隐身，
你的衣服是只蚂蚱，相信神农也尝过，他
吐出了一条腿。唇齿之间，你跳跃、变身，
就坐在了云层上面。现在好了，各就各位，
你们有了一个秘密。这秘密就在前头，
比如说气质，就站在跷跷板上。作为虫草，你会
选择一个平衡的节点，给俗世
过滤一下。那些路过的诗人，你可以喊：壳斗科。
他们险些就滑过去了。

2013.5.27

注：蚂蚱腿子，菊科植物多草本，是菊科植物中唯一的一种木本植物，小灌木，稀有奇特。

四月多么少

牡丹死的时候，
是这么多，这么快。
她们散步的时候没有带纽扣，
更没有带杯子。

肯定有什么活过来，
我看不见。

四月多么少。肯定有分币掉在
尘土里，又掉在
简单的遗忘里。

2013.5.7

漂流瓶

那伐木工双臂微沉，嘶啦一声，
我的身体被锯下一截，扔了出去。
裹着胎衣的橡木，
有满满一瓶子的风。

这是另一个他，在装修、搬运，
做岩画。身体上抠出一块
又嵌进去一块。
骨头和钢钉就是同父异母的兄弟。

捞回来的兄弟，骑着驴，
找驴。看唱本的老榆树
已无法安置一句戏文。

他挂在晾衣绳上待了一会儿，
手上的黑白键，开出八音孔。
另外两尾鱼，托运葵花籽的小悬棺，
走在虚空里。

2013.4.24

牡丹记

蛙声有三种指向：
墨池里的无眠者，
颂歌秀和一场失忆的烽火。

我不得不佩服重阳木的领悟力，
头上是小春天，
起名的先生是大春天。

这些火把是蛙的化身。
在枝头显灵的，
是闭眼的木偶骨血。

不可否认洛阳亲友的抒情性，
他额头上的灰尘，
而手中的冰壶正好降温。

四月的黎明从一场游戏开始。
火葬的家禽和野燕子，
充当了颂歌的抵押物。

死同样是一种喧哗，仪式宏大。
二乔的阴阳脸更有说服力：
人是樱木，花为武士。

2013.4.14

在南关码头望明堂天堂

《大云经·疏》："即以女身，当王国土。"

星星们划着竹筏，天一亮就登岸，汇入天街陌巷。
衣服上绘有牡丹的人，背着鳍，她们的细语在丝线中现出
肉身的姚黄。一品倾城，再品城废。

幕人是雾变的，那张脸在帷帐之中，河水反复洗濯，
薄如一层仪礼。日月当空，就是一首歌诀。咏者和浆人，
引车挑担，游泳的生猪正修改着家族谱系。

它的眼睛已经清空，女史的柔美是一场错误。你掌节，
我守祧，牝鸡在缁服。她司晨，这嗓子是不能吃的，
菩萨是不能意淫的。

魏紫说着梵语。西行，那遗珠的逃犯叫墨玉，
小二黑的婚姻嫁接了"草人秀"。这草人玩魔法，
土地上生长血，也长血性。

旱地的码头上，拔葱的人身上有烟火味。他唯一的武器，
是大小宗伯手中的茶沫子。我行，我素。
一场词语的矿难，关乎词根，可关乎明堂？关乎天堂？

2013.3.30

尿布诗

这似乎是一场远征的尽头，蓑羽鹤
撕下了蓑衣，它的旧世界已经夺去了
最后的体温。这一块给垮塌的彩虹，那一块
给病人和他们呼出的空气，还有一块
属于杨柳枝，它带来了鹅黄的沙尘。
当然，最重要的是给自己。没有什么，
这是聚礼日，需要捂住眼睛和耳朵，
以及袜子上的破洞。

这一包是遗忘的棉花，那一包
是该消失的桃花，没有谁还在投诉。
鸵鸟们都住在公园里，
也可以拿一块擦手，没有什么。
这里水草肥美，牛羊成群，牡丹照样开花。
我只是在这一小片湿意里稍坐片刻，
犹豫着，是继续清洗还是扔掉？

2013.3.16

登安喜门望北邙似是又非

飞越城楼的鸟儿是有喜的，
穿过门洞的人民是有喜的，
那个在城角能收破烂的商丘女人更是有喜的。
含嘉仓是有喜的，咬诗歌的硕鼠是有喜的，
在冬日里破土的蝉蛹和催开的牡丹
是真的有喜的。

假如减去“安”字，减去“喜”字，
只剩下一个遗忘的词：身体。假如它
也被连根拔掉，你就是被带出的一棵
黑皂角。而风，而风
正唤着你的乳名：开窍啊……

2013.2.15

萨卡拉木鸟

现在，它寄生在我的肚腹，
一会就在我的墓壁上飞。
以骨血为食，叫声凄厉。
在十字路口，它会脱身，到另一个
等车的人，他的眼睛里
有我的眼睛。

现在，它一动不动，摸着一段盲文，
像个旁观者。我的子宫里
正有它的子宫。

现在，我的脑袋是木头的，
正在雕刻它的脑袋。

2013.1.31

头疼是鬼捏的（一）

我反复确信霾是一只小动物，它五行缺水，
面纱下有着猫的利刃和软枕头。

胸腔里埋着滚雷、沙子，它们打磨着
一台挖掘机。

七尺长的隧道里，一朵鲜花有烟草味、血腥味。
它是我的替身。

没有什么是可以吐出的，一块海绵
吸饱了唇边的碎屑。墙上有耳目，

当石头被掏空，这一块就是亮堂的、无助的
疲劳。

它似乎从未走过，沙发上
还坐着擦伤的空影子。

2013.1.31

头疼是鬼捏的（二）

下雪了，
梅枝上的一小群滚雷，正要炸开。
爆竹在驱赶胸腔里的
整窝蝙蝠。它们列队，
显得节制、隐忍，似乎有一场搏杀。
似乎，芳香就是一个铁笼子，而远处的荻花，
还举着它干枯的脸。

我再一次确信，
这是上辈子修来的核桃脸。反复搓捏，
像一场立辩、一场问宗辩。
猜拳的人戴上了紧箍咒，旁观者袖手，
他竟是恐惧的转经人。

一行白鹭，
从我的伤口里飞出。

2013.2.14

狭窄之诗

一尾古典的鱼，应是红脊、白腹，戴深度近视镜，在细流中摆尾。但清道夫着戏装，花脸，以语言为食，他吃着并一直吃，用残余来建造诗歌。

他积累了过多的毒，可能绝望得还不够深。

一只寄居蟹的智慧在于，始终有一个他者的家。

天就这么空着，而鱼是否还在属性里游？

一本书被腰斩，一尾鱼必将跃过这条细缝。前方的家是否还是一个“他者”？

他每天吃掉自己一截，那么长出的一截是不可吃的。最终他已不在。长出的会在另一处现身。

看到动物园里的狒狒，我会想到蜘蛛，他们有必然的丝线，在空中张网。

而鬼狒狒……一张诗歌的脸？

猫会念经，他赢得了九条命。假如他用了九次，那么第十次会是什么？

新闻里说，一个小孩在墙缝里玩穿越，但卡在了中间。不可否认，他已经穿越了。结果是，墙被挖了个大洞。意外之诗？

这诗歌却无法解读，更无从下箸。它显得飘忽，可疑，像是棱镜里的重影，稍一翻转，即消失无踪。

但你还在这里？

2013. 6. 29

和琳子相约去祈雨

在老洛阳面馆，我们喝着啤酒，
也和酒瓶一样，浑身大汗。
我问，子梵梅，你究竟姓梅还是
姓命犯梅花的犯？她摇着扇，
这个人姓“子”。我们大笑，
一个劲地碰杯。琳子说，
你这块金子坏了，就是个神汉，
不如我们俩去祈雨吧。
也对，一个巫婆，一个神汉，
正好干点有意义的事吧。
你着长衫，头发披着迎风飘散，
是个借东风的诸葛亮；
我身上挂满空瓶子、小铃铛，
就是个跳大神的萨满。
当然，还需有个神坛，
牡丹广场的花坛肯定不行，
这等国家大事得登嵩山。
下午她们就去了登封，
我一个人在家瞎转，赤身裸体，
遥望洛阳城的周边，
一个劲地扯着闪电。

2013. 7. 2

一朵乌云从邙山上下来

一朵乌云从邙山上下来，
我正在河边散步，
这是个早晨，
相信鱼儿们也在
水草中、卵石下慢慢
回过神来。

这还是个沉闷的夏日，
水上的天空没有一丝风，
也没有任何异样。
那朵乌云在慢慢靠近，
我们期待着，
云后隐藏的诗人丁强，
那沉闷的雷声。

2013. 7. 4

街头垃圾箱

我不确定他是否游了进去，
后背上有尘土，裤腿上有油渍。
他探出的头是年轻的，他不看我，
两手空空，去看下一个箱子。
接着是一个老者，他直接打开了它，
左边的桶内有一卷废纸，
而右边，他翻出了一副破碎的墨镜。
他小心地收到袋子里，合上垃圾箱，
和我擦身而过。
第三个来的是位女士，
她丢进去一把花生壳。
哪个是可回收的，哪个是不可回收的，
她不看一眼。
我又站了一会，犹豫着，
该不该把手中沉重的烟头
扔进去。

2013. 7. 5

公园里的卡夫卡

每天早晨6点半，他会准时
来到这里，站在高台上，
随手打开腰间的扩音器。
在众多的晨练者中间，
他似乎专攻演讲和朗诵。

这是人类的时间，
大家各忙各的，没有人
去关心他演讲的时政、观念
和他朗诵的古体诗篇。

最后，他挥着手：
“同志们好，同志们辛苦了。”
结束了一个小时的晨练，
并关掉了音箱，
似乎里面有一座
废弃的动物园。

2013. 7. 8

对青蛙的一次诗学解构

（假仿帕切科）

要感谢长舌妇，一个人就是一个合唱团，
那些骑行者，外挂两个声囊。
多声部的演奏就是四轮驱动的生产力，
如此，信息就是力量，果腹的肌肉男，
回应血腥的只有一张嘴。

同样要感谢母系氏族的生产力，
体外受精，你试试？多就是武器，
劳动密集型，适宜于温水煮。
弹跳力只是个假设，文学的古典声望，
也是个假设。

喊声里的丛林也是虚构，旧社会的腮，
新时代的肺，用皮肤呼吸，你不妨一试？
小概率事件可归于传说。一次重构的奇迹
在于王子的忍耐，它既有长度，
似乎还有党性的限度。

要感谢水塘、一小段河流，它们竟然还在。
下次一定要在空中受精，不，应是外太空，
那里应该有翻译的空白。忍者无敌，忍着
只在夜里，深深的夜里，换口气，
把尾巴自我消化掉，发出振翅的嚓嚓声。

（糟糕，这一次该用什么呼吸法？）

2013. 7. 10

黄花过路

黄花路过时，一定有人
受了声闻戒。文官下轿，武将下马，
更多的薇和芒，俯首，正好可以看见它。
一个叫赖特的诗人，就站在
向日葵中间，轻轻贴住了
某些面庞。

黄花路过时，狗尾草站在水边
正衣冠。一定还有人把波斯菊
夹在了书页里。颌下的髭须又断了几根，
他叫子美，手中的香蒲
小风筝一样飞了，

黄花路过时，两个对坐的稻草人
都看了一眼。

2013. 7. 17

一枚钉子在午夜

一枚钉子在午夜，
还没有盯住什么。
它身体悬空，似乎是个
不紧不慢的苍鹭。它的羽冠，
看起来经过了反复捶打，淬火，
掉了一半。另一半，
已经不可触摸。它还在飞，
选择一块木板，还是墙壁？
不过，前锋已秃，
它也不可能钉住什么。
或者，它已经拒绝了它们。
同时拒绝的还有锤子。
但它只能飞，
在空中。

那些潜藏的、咬牙的钉子
欠了欠身，然后抽身而去。

2013. 7. 25

试衣记

不停地脱下，再穿。
七匹狼、骆驼、鳄鱼甚至虎豹；
披着什么皮的什么？猎人的木屋
扎堆了，而猎人越追越远。
这肉身也越来越远，似乎
有离我而去的可能。它们复活了？
在每个人身上。比如狗日的，
比如狼心狗肺。这骂人的话
老祖宗也会，你这个鸟人，畜生，
究竟是个什么东西？小蹄子，小贱人，
把你的爪子拿开？

我不敢再试了。要么我就是个
穿囚衣的猎人，要么裸奔。
色狼！这时候又传来低低的骂声。

一声驴鸣在胸中压抑很久了。

2013. 7. 28

穿堂风

这可能更直接一些，
一场直抒胸臆的表白，
吹走枝杈上的叶子，
如果可能的话，还可以
把树推到。这或许
还有一说，一个冒失鬼，
和你撞个满怀，你需要的
并不是多余的热情。脱手的
是理性的杯子？还是红苹果？
这可能又是一个笼子。捕蛇者说
溺死的都是会水的，笼子里
往往关不住一枚红杏。草蛇灰线，
石头发芽了，需要检索蚂蚁们的长队。
而急转弯，一枚暗箭就会
变身细作娘姨。一个服务的图谋？
再次变轨，火车出发了，
像是收不回来的一条腿。
而我脱手的，极有可能
就是穿堂风。

2013. 7. 30

七夕梦桃源寄妻

要感谢喜鹊，
要感谢它一次次衔来的空枝，
细碎的一根根针线织就。
有一朵手拉手的桃花，有一面
关照梦境的镜子。现在它们都相会在
女儿的兜肚上。

他们走了那么远、那么慢，一年见一次，
像一场露水。而我们走了半生，
共用一面镜子、一枚月亮。
还将继续共用一把梳子，把青丝
慢慢打理。

2013. 8. 14

七月流火或闪电书

母亲习惯于用阴历记生日，
也同样习惯于用阴历记住某个先人。她掐着指头说，
老天爷用了火牛阵，人人屁股上都有火。
在树林里，枝头上，离你最近的白云里，
还藏着一头下山虎。

这时候她又掐着指头说，
龙来了，它要抓人。有些人是抓走当长工的，
有些是烧死献祭的，还有一些
是替它养育的一副好骨牌。

我怀疑我们都是母亲手指上的
小人儿，挣扎着，要奋力拽住
闪电这跟绳子。

2013. 8. 19

一早上我都在擦拭一面镜子

一早上我都在擦拭一面镜子，
一遍又一遍，擦掉一层就还有一层，
似乎里面有一个变暗的囚徒。不过，
他没有觉察皮肉里有什么在发芽，六指
是可能的，再长出一条腿也是可能的。
这叫增生，和增刊不同的是
这豆芽不免费。一场暴雨的前脚，
总是温和的告诫，然后再翻脸不认人。
我惊异的是龙吸水，迅速就
抽干了什么，并且抽的均匀，丝丝入扣。
而发芽的又不仅仅只是
突兀的腱鞘、骨质，它粗粝、幽暗，
带着楔形的意志。

2013. 8. 21

宿命的伤感

诗间道

宿命的伤感

田军 著

黄河出版传媒集团
阳 光 出 版 社

图书在版编目（CIP）数据

宿命的伤感 / 田军著. -- 银川 : 阳光出版社,
2013.12
（诗间道丛书）
ISBN 978-7-5525-1183-3

Ⅰ. ①宿… Ⅱ. ①田… Ⅲ. ①诗集 - 中国 - 当代
Ⅳ. ①I227

中国版本图书馆CIP数据核字(2013)第318868号

宿命的伤感　　田军 著

责任编辑　李媛媛　谢　瑞
封面设计　蒋　浩
责任印制　郭迅生

黄河出版传媒集团
阳　光　出　版　社　出版发行

地　　址　宁夏银川市北京东路139号出版大厦（750001）
网　　址　http://www.yrpubm.com
网上书店　http://www.hh-book.com
电子信箱　yangguang@yrpubm.com
邮购电话　0951-5044614
经　　销　全国新华书店
印刷装订　宁夏报业传媒印刷有限公司
印刷委托书号　(宁)0014786

开　　本　880mm×1230mm　1/32
印　　张　7
字　　数　150千字
版　　次　2014年1月第1版
印　　次　2014年1月第1次印刷
书　　号　ISBN 978-7-5525-1183-3/I · 410
定　　价　100.00元（全四册）

序　在现实与梦幻之间飞翔

王燕生

直到此刻写这篇文章,我都没有见过田军。

读田军的诗,纯属偶然。

我不上网。我知道那是一个及其辽阔、深邃、新异并有磁性的世界。我怕上去后会找不到返回尘世的归路。我所赖以生存的“小小寰球”，让我读了大半辈子，才读懂了点皮毛，那还敢移情别恋，去闯什么网络世界?

我的固执、偏狭乃至无知，导致我与精彩的网络绝缘，和频繁进出并快乐潇洒于网络的田军，也就必然地失之交臂。

一次聚会，我认识了年轻的音乐人田华，是他把他哥哥田军的诗引荐给我。编辑职业的长期磨练，让他们从一两首诗中或许还把握不准作者的审美理想和艺术风格，但足够判断出作者是否具有写诗素质（或可称为“诗感”“天赋”）这才是所有关键的关键。没有写诗的素质，便丧失了谈诗的话语权。不幸的是，不少缺乏写诗素质的人，偏偏热衷于诗歌创作。

我不能说田军的诗已经达到了引人入胜、爱不释手的程度。但他的诗确有一种招引力，引你跟随他诗意地前行。他会不断地在下一首诗中藏一点什么，在不经意间便会有火花耀亮你的心空。

我从编辑、读者、评论者不同角度，反复读了这部诗集。从他的诗中，我试图寻找他心灵的轨迹，触摸他对这个世界的承诺和期待，感知他的呼吸与脉跳。在诗的无比阔大的空间，我发现田军执有一本用永久绿色护照，他可以自由地进出于现实与梦幻之间，寻觅、漫游、倾诉、歌唱或飞翔。他可以写近于纪实和白描的《清道夫》、《车过原阳》、《在新乡的归途》，也写只有梦中或天上才有的《刀子》、《倒立》、《无题》；他写次鲜明、跨度大、内涵丰富的《八月最后的语言：亲爱的，亲爱的》、《羽毛语言：麦黄　麦黄》，也写如同绝句和断章的《白云》、《秋天》、《冬天》……可以看出，田军已经从缪斯那里领取了一盒七彩画笔，用于描绘生存空间和装饰精神家园。

有人问过我：写诗，是写客观世界重要，还是写内心世界重要？这两个世界，哪一个重要好写一些？我告诉他，如果人间10件最困难的事，那么，其中有一件就是写诗。如若不信，刚好今天看到的“中国作家富豪榜”可以作为旁证。从排第一位的郭敬明1100万元，到第25位的贾平凹150万元，赫赫25人中竟没有一个诗人！为什么？诗不是文学的文学、诗人不是作家中的作家吗？原因就因为写诗难，他们才去写小说或别的什么，并因此成了“富豪”。当年说“饿死诗人”的伊沙，还颇有点先见之明。我的话题扯得远了一些，不过，说写诗难是实情，是真话，是众多爱诗者永远的痛。

客观与主观，物质与精神，是相互依存的对立的统一体。在诗人心灵的天平上，通常重量只倾向于精神。这就是诗人显得高贵并被财富遗忘的原因。然而，这并不意味着诗人不食人间烟火，不关注人类的命运。真正的诗人都有一颗“寰球同此凉热”之心，他们的关爱跨越国界、跨越空间，深情地抚摸自然、历史、社会、人生，让世界每个角落都充满爱意。

诗，是有侧重于客观描绘和侧重于内心展示之分的。这和题材、和诗人性格、审美情趣，和创作时的微妙心态及接收的信息有关。两者不存在谁高谁底，谁轻谁重的问题。在诗中，作为客观的“景”,与作为主管的“情”，往往是和谐的融为一体。“虚实结合”、“情景交融”、“物我两忘”、“天人合一”都是讲的主客观关系并被视作诗的最佳境界。

以上是受田军诗的启发而引申的关于诗歌创作的一些话题，田军基本属于“民间写作”状态，打从中学时期受到缪斯眷顾，热情一只不减，尤其网络诗歌兴起，他更是如鱼得水，至今已创作1500首诗，远远超出我50年写诗的总合。我敬佩他的勤奋，但不很看重他的创作数字，让我看重的诗他的悟性。这是开启心智的钥匙，是进入诗歌圣殿的通行证。小小的某种触动或一闪念的思绪，他都能迅速转化为诗。有抵达诗的过程中，化抽象为具体，化平凡为生动，化陈旧为新奇，他极为活跃的想象力和联想力，让他上天入地，神驰思飞，让我们在意想不到的地方，与诗愉悦地相遇。

经过一段世界的演练，我觉得田军应该把他的诗歌方队拉到中国诗坛的检阅台，接受严格审视和庄严的洗礼。我想，这部诗集的出版已有充分的理由。田军还不到“而立之年”，他已获得一个高度。在俯瞰世界、体察人生中，他会随着时间的推移，有更为厚重的积累，有更新、更深的发掘，有更加让人感到欣慰的奉献。对此，我深信不疑。

2007年11月7日 北京

目录

第一辑

第二辑

第三辑

第一辑

北 京

我总是轻轻经过
这座城，比如
夜晚的篦街
那些受洗礼的人们
在光中
在啤酒和语言的沧桑中
再度沉沦

我总是轻轻经过
这座城，比如
清晨
作为一种方式
困惑和欲望的最后
解脱。在你清晰依然的梦中

组诗：部落

有人说部落已经灭亡
可它在胸口的确存在过
——题记

部落意识

谁可以遗忘族人神圣的膜拜
谁可以在荒原孤独翱翔
谁让野马奔跑如飞
谁让图腾刻于天空

我们是一个整体　大地
向远处延续
我们的烟火　生生不息
老死了还有儿子

部落观念

让我们把荣耀放进庙宇
把祖宗刻在心头
每一个风和日丽的日子
我们让风筝回答山峦

我们还要继续举起天火
燃烧四野　高瞻太阳

在思想里装满神话
我们离奇的占卜　在额头闪光

王

第二次询问你在何方
我怯怯地倚着你的手杖
弹指之间我的草房　灌满西风
我向东　渴慕与你接近

一月的岁月里
土里藏有我的乳名
你轻轻唤醒
战士　出发　给我以矛

我就以它问候天空
　　以及经过的鸟群

臣民

大雨中站在王的背后
你们不敢愤怒

轻微的响动　都会引来
刀子无情杀戮

仍有泪滴纷纷洒落
雨水中再敏捷的耳朵也不能分辨
每丝呼吸是顺从还是叛逆

有时候你和狮子结为兄弟
它先咆哮　之后
你把指尖的血释放于酒
你一拳击向敌人　敌人碎了
你又分不清哪个是王

部落的女人

必须把你牵到小溪旁边
让流水的清澈漂洗嘴唇
必须把动物们的血迹洗净
我才会在夜晚亲吻你的粗手

和你的丈夫一样
你的主宰
在王的思维里　有时
只是一种发泄的最后

你空白的躺在原野上
任由马匹踏过　焚烧

消 失

我抱这世界最后一颗石头
走向大海　如你为我留下
唯一的印象

大地于无声处传唱
风中的时间　我把
唯一的石头隐没了很久

黎民苍生的人间　暗淡的灯火
摇曳着　熄灭
一声长叹走的好远

尘 埃

先假设
你不是，或者你
是其他植物
树或者草，最好
你是鲜艳的花朵，有露珠的那种
招蜂引蝶，或者
馨香袭人
无论你站在何处，何处便是风景

先假设
你的青春，你的美貌
你的楚楚动人。最好，你
是唯一的，绝无仅有的

所以
你才是孤独的，有智慧或
没思想的 那粒尘埃

灰孩子，在城市的壳里
不仰望，不叹息，不和人交谈
没有语言，语言在空中
早已丢失

城　堡

天暗下来之前。太阳
手指城堡
那匹被世俗所累的马，驮着书卷

前方？马儿问我
我说：前方!

我更愿意把握笔的手搭在它的脖颈抚摩
质感很好
像我远方的家乡　那些铺满诗歌的土地

传　说

一切美丽的故事都将停止述说
我们只能把自己淹没
或者那些诞生英雄和美人的季节
我们只是用虚度衍射

从远方传来的信息，又
被乌鸦带到了北方
最终一切都会消失，我却
只是选择了速度
在微微绿的树上筑巢

刀 子

我还是握住刀子
握住了风的尾巴，和秋天
所有的内容
我还是劈向天空，天空
越来越高。今日的惊恐
来自于一把被握过的刀子
在秋天，我只是想劈开一条道路
从土地进入，你们所说的天堂

抵　达

赶了一夜的火车，终于
在太阳出来之前抵达北京，抵达
东直门，抵达
一个四合院，抵达
一整个早晨的荒凉

然后，开始询问
这里的鬼
我的棺木，放在几号仓库
是否
还是那把玄铁的大锁
看守我的肋骨

分界上

这里不是生死
这里不是割舍

当影子倾斜在落日照耀下的桃花峪
被揣摩了二十多年的伤感句子，今日
来得如此迟缓

他们聚在戳向天空的建筑上
和黄河、成片的桃树　怄气
他们决定不再俯视。他们落了下来

有的向上游
有的向下游
我不能阻止他们将永久留在这里
在浪上宣读优美的演讲词。

我不能阻止，他们生死
或者割舍浮华人生　所
囊括的理想主义。

坟

1.

首先
我
想到一团绿火
烧在野地
此时
大地上
没有其他声响
所以火烧得更加寂寞
在一节历史彻底消失前
骨头自己燃烧

2.

黑暗中的松树林
可能隐藏着什么

在我眼睛深处
有一丝恐惧
像风一样穿过树林

绿火也在林中匍匐

3.

空气中
泥土有些烦躁
潮湿的味道弥漫了整个空间

4.

突然
在我看不到的地方
走出了一个人
像是我认识的某个人
我想了很久
却一直找不到和她对应的脸

她没看我
但她的眼光很毒
甚至
她的眼光绕到我的后面
在我的脊背上刺着

5.

我想趴下去
贴近大地

这样可以躲过什么
我不确定
在大地的掩护下
也就是此生
在另一条黑暗的路上
遇到前生

轮回
宿命
来来往往

6.

甚至
黑暗中的鸟
也在遭遇它们自己
升起和破灭的梦

甚至
我看见一只乌鸦
在一棵松树上抬了抬头
甚至，我感觉它的眼神也很空洞

鸟啊
此时我们还在生活的坟头

在漆黑的不归的有绿火的林中
你不能飞离，我亦陷入

7.

如果月亮已死
如果太阳还在远方
这段一个人祭奠的路上
只有散落的黄纸
它们的寂寞
布满了大地

风往哪儿刮

风往哪儿刮
都有烟尘

或者只是情思
别了离愁

风往哪儿刮
是询问，或者仅是

空落下来的土地
细微的挣扎

福昌阁

我写宜阳
我写韩城
我把我的头颅放在你的台阶
我拾阶而上
我触摸你的上空
弥漫着香火
当我没有理想
当我陷入神话和传说
我陷进你的台阶
无法自拔

在这里，我放下我冬天的脑袋
在这里，我放下熟悉和不熟悉的诗歌
来祭奠的和赶庙会的
四乡的人
燃起香火
燃起我整个冬天的等待
我陷入了你的
众多的台阶

国 王

我又遇到了他　和冬天一起
从邛岭上开始宣扬
雪花就是他今天所要表达的旨意

我只能忍受，和村庄一样，必须等待
他的王朝疲惫后，我
轻声医治大地的伤口。

火

它多么像我赞美的麦浪
一波一波向往着远方

我坐在火上走出大山
你说：孩子你属于祖国

故乡即将消失在视野
我说：谁也无法割舍火焰

鸟

这一刻
我想鸟

它们在我的体内画出一道道美丽的弧线
而我在疼，身体的每个部位
特别是手臂
搭在七楼的窗台上
被风刮着

十个兄弟

想想冬天空旷的天空，那些鸟
都不知去了哪里。也许
南方聚集了许多草木花朵
还有一些流浪至此的人，享受着阳光
我就在此时伸开手掌。捧起这个冬日
十根指头自然地保持着它们的弯曲，这让我
看不到了手掌里一直以来的沧桑，我说：
这种结果，多像我从远方赶来和我相会的兄弟
带着诗，隐藏着它们远方的沉默
平静展现在我热泪旋转的眼眸

水 花

有时候我会坐在河边
看着水，听它唱歌
这时候落日是柔美的
阳光漂浮于水面
和鱼儿嬉耍　而
那点小寂寞隐入了水花

喷云吐雾

喷云吐雾的人
在张午。不在云端

正午，被阳光反复揣摩的村子
一片肃静。喷云吐雾的人
守着街道、路口以及他看似沉默的樱桃树

又一阵白光晃过
喷云吐雾的人，还是不发一言
仿佛他的语言能打落那些红红的樱桃

在张午，他喷云吐雾
他守着时间，并让白光过后
有烟雾缓慢地消失在村子深处

我像一片阳光里的碎瓷片

躺在阳光照耀的午后，南岭上的花朵依然绽放
高空送来羊群般的云朵，我想
安宁的幸福应从土地里涌出
此时
诗歌的片段以及历史的记载，在
1992年的某个日子
我像一片阳光里的碎瓷片
安然，折射出自己独特的光
在某个被忽略的角落，没有干净的光泽
也没有发掘和被发掘的惊喜
阳光悠闲地经过
在阳光无限巨大的胸怀里，生命
再次降临
我像阳光中的一片碎瓷片，呈现
与南岭有关的日子

妻

继续寻找节奏
继续摆弄那些词
妻　我们继续

过敏　过敏
有时候只是你慵懒的一个转身

牺　牲

我必须露出我的咽喉
让你找到
我必须忍辱负重
在局布降雨的天气
撑开伞
为淳朴的语言当风遮雨

小红花

为什么我总能在广袤的土地上，一眼
将你陷入
你说是预谋也好
在此次的轮回里，你仍唱着主角

如果过去你死亡在一场突然的雪里
那么你在此时的挺立　是不是有另一种含义

哦　也许只是因为春天
眼睛里必须装满阳光　雨水和你
泥土的新娘
在八百里的伏牛山下

笑脸向远处展开
手臂向远处展开
被神祝福过的语言亦被土地收养

比如你
洛河水滋养的小红花
被群山包裹的小红花
盛开在我每一次的感恩的地方

写给月亮

今夜翻滚的是一片海
在夜幕中，在你眷恋的眸中
疼痛的是手指
举在空中
插进海水，插进那片月色朦胧
语言淹没
手指的呼喊若有若无
被伤的还有老虎的思想
无力流动在海上

秋天最后一只昆虫
飞翔得可有可无
月亮仍是月亮
海洋依旧是秋天的一片海洋
老虎和昆虫，使我分辨不出
它们的命运有什么不同，有什么
可以阻挡海洋的力量
保护它们彼此的个性

当我握指成拳
只有空，浮现在掌中
而不是月亮或者是它的光芒
只有漆黑的气流
不是物质，不是事实

我面对，我感觉，我承受
虚无之痛
从手指传递。谁能阻挡啊

又有谁
和我在那片海洋上一同漂浮
或者　淹没
沉寂　孤独
在今夜翻滚，像虫子或者老虎
弄出一些声音
跋涉于茫茫长夜

夜半歌声

在这片荒凉之地
在这片颓废之地

夜晚的缰绳拴着，一个
月光的女人
在天空飘荡
在漆黑的森林里飘荡

我听到来自土地内部沉沉的声音
像一把锤子敲打那些河流

郁闷
郁闷的春天
雨水去了哪里？

天空悬浮的，唯有骨灰
像死亡之后。回归天堂

以及，悬浮
一个女人
惨白的脸
从绿色焰火中徐徐上升

你看到了：爱情，痛苦，虚幻，覆灭。
在大地上该是春天的季节

夜行人

是贼寇
是侠者
是浪人
是过客

今夜的风是唯一的见证，它们
无所事事。它们跟随一个个身影，
它们只是仆从

一个人喝酒

到了冬天，我就要走，进入
一种液体。或者
在冬天常常让一种液体，把我带走
向着一个朦胧的春天

宜阳书

我不知道因何会爱上这片土地，爱上
阳光、水分，附属道德的子民
在这个称做“宜阳”的小城，我的
童年、少年、青年以及必然的死亡

我不知道因何会爱上这个过程，轮回
的过程。或者孤独，但我爱
我的一切。譬如洛水的挫折　仅仅是
缺少月光，缺少年少时的轻狂。

在还未知的时光，希望的美好
像鼓风的帆船，在寂静的夜晚开始起航
它要经历的始终是暗合命运的征程
与浪花同行，在水流之中。

遗 址

事物逐渐变成淡淡的烟雾
黄昏的阳光，倾斜成一个弧度
模糊的建筑里，来了一群
模模糊糊的古人。他们
谈论着诗赋。在阳光的弧度里
他们的语言，仿佛，正在下雨
而雨水将一切打湿，最后
上升的仍是烟雾。事物只是若有若无的

车过凤凰山隧道

这些黑暗的片段
自然
充满了渴望
当车即将进入隧道
我又想了你一次
假设
这是人生的选择
我能控制什么
这不是第一次黑暗
也不是黑暗和穿越的停止

在洛阳至郑州的高速路出口

我看到了繁华的城
在高速路的出口
猎豹停了停
我的眼光停了停
仿佛能找到一个人的踪迹
多么熟悉
仿佛我本没有离开
而它也并没有把我忘记

车过黄河大桥

由于前方出现交通事故
这让猎豹也无能为力
它的速度缓慢
像一头蜗牛走走停停
我的心情时升时落
直到车过大桥
我清晰地看到黄河
有点小浪
有点平静
这平铺的麦原
从我们脚下穿过
没有歌声
没有落寞

在延津的时候

我们是去了延津乡下
到了一个派出所
然后又去了　辖区
对于我们陌生的一个地方
这里也很宁静
这里应该很少有外地人来过
当猎豹进入它的腹地
有许多少女走出来
保持着纯洁的红
这让我的思维回到洛阳
一个少女　也用这种红
装点过她的天空

羽毛落下

像羽毛
太像羽毛了
在天空像
落在地上也像
所以等它们全部落下来
北方的大部分鸟都去了南方

……

我越来越冷
我越来越需要你
我越来越想和你在一起
厮守也好
最好是虚度时光
彼此拥抱
不说话
就连眼睛也不眨一下
就这样彼此望着

比 喻

再比喻一次，天空
还是一张网

飞进去的只能是鸟。

若我也飞了进去
那一定是去了天堂。

鸟 语

你说什么
你在说什么
翻着嘴唇
搅动着舌头
你在说什么
你到底在说什么
我怎听不懂
或者，你闭上嘴
我是能理解的
你冰冷的沉默

残破的语言

古道上的瘦马
不见了
还有西风
所以，这里很空
太阳也失去了血色。

路 也

此去
无归

我在天空的纸上
像扑扇翅膀的鸟，更
像开拔的壮士

醒 悟

画完最后一笔
她哭了
她感觉她本来就生活在纸上
现实只是景象
而记忆的幻觉，只是一个少女的
望梅止渴。

幻 觉

再次想起公主
邻家女孩越发漂亮
好多光互相交织
整整一个下午
树欲静
风不停，吹过了初冬

望夫石

大地越发空旷
直到恩赠那颗石头
河流重新找到河床
就是黄河、长江
伟大的爱情
泪水也如此恢宏

语 言

将诗歌转化成温柔的花朵，在六月的
石头上盛开
所有透明的水轻轻浮上天空
我置身于大海，心中平静
水面波涛汹涌的朗诵着谁
质朴的诗歌

我不敢妄断今夜，我
理解了今夜。众多的影子
像稻草般轻贱
它们的睡梦滋长爱情
而我的夜晚只生长一浪高过一浪的忧伤

于是梦里有化蝶的飞舞
在中原。这片衰老的历史里
从一片碎陶里汲取清晰的贫穷
月光印在我的额头
清风轻抚背影
语言于是悄悄消失
我们只是用装满洛水的双眼，注视
彼此慢慢远去

远　方

远方除了遥远一无所有

——海子

我不相信远方除了遥远一无所有
我坚持父亲肯定的大好河山

除了富饶我还要为他们寻找幸福
精神上的河流　我要在今夜带它回家
土地上铺满鲜花和河水的歌声
我都献给年老的父亲

这里的土地，熟悉的气味
像家乡你们一辈子浇灌的麦田
远方除了麦浪还是麦浪
我的麦子为你轻轻歌唱

月光行

我要把这首诗推上去，留给之后的时光。

——题记

你放弃在土地上种植谷物，忧伤，迷离
从容地走进散发出皎洁的躯体
感官上意识到，你
如此成为月光，成为树木所不能掩饰的
一匹动物　像马
走在自己当年的墓地
你拿上器皿装下坟头的露水　装下
归宿。我能说什么？
用鼻音表达，含糊地叫着——深入地下的亡灵
不言不语
任云也慢慢枯萎成天际浩瀚的红
云做的衣裳如此
让人沉醉。这种迷离混杂在月光
逐渐，尘土蒙住
人间。黑暗在身边痛哭

我向何方？
听你清脆的足音，步入天空
万物却已蛰伏。

在早春

或者是早了
或者是人间的早
提前让你独舞韶华
向死而生
向一座可以高瞻远瞩的山
游牧马匹
你的神性，向前升华
搅乱了世界的安宁。银光迸射
在月光中行走。
我容忍依旧，我开始寻找缓慢的拍子
拍落你眼中的语言
散落成夜晚的旁白——让风来叙述
你眼睛里忧郁的锋芒

终　于

谷子发霉的时候，在角落
一些老朋友，回来，叫着我的名字。
我有多么无辜！
我尽力举起的右手，有着，左手
同样的悲哀。

老鼠出来跳舞，谷堆上
是黑糊糊的足迹，逐渐被尘埃淹没。

重述

继续漂流，继续
让一片失足的叶子旋转着
向下。
身旁是一块冷静的石头，也在观望
之后的表情：无奈和忧郁
被叶带入黄河。
仿佛水声起伏的声音，也
这般伤感。来的人终究要离去
唯有这条大河的忠诚要留在这里。

我问过一棵看似安静的桃树：
怎样才能　无愧于人生?
而桃树陶醉在不可捕捉的风中

神秘的风啊
在黄河的水面，推起浪
以及曾淹没叶片的波涛

淹没了夕阳，淹没了最后的光

重 述

那条溪永远不会停止歌唱

——题记

一

我无法打开一座城市
所有和眼泪有关的词语
在溪水上漂泊的仅仅是一个叫抒情的女子
你的兄弟
所有向往溪的兄弟
在一颗水滴里唱歌
在月光或者无限的草原上加快步伐
向你的忧郁
向你那条被月光洗过的小溪

二

我不能将夜晚碰响
我只能在此时满足于一瓶著名的烈酒
然后　我也坐在溪边
轻抚水中至爱的女子

三

你的兄弟听到溪水的声音　超越了河流
你却听到溪水的声音　超越了季节
在夜晚将十月一次次叩响

四

听说你去了苏州
那个女子脱俗的影子在溪里倒影
你站在桥上望着水面　就像
我多年前为月光失眠
你拾起了月光吗?
那个我们共同的情人
我在岁月中遗失的　你在江南重新提起
她的美丽

五

我说继续走　向苏州
我终究要向天堂匍匐
请别在我到达时将小溪放在更南的地方
我要在水面上正视时间的眼泪
重述没有另外的方向　它在一座城市里流淌
经过我所凝视的苏州

六

你的兄弟听到溪水的声音　超越了河流

第二辑

N N

我想写一首诗
在春天
我通常这样想
把你放进去
作为主题
当然你可能不是花朵
是叶子
漂在水上

像一叶孤舟的意境
自己却没有方向

N年前的旧东西：词

拿出一些词，组成句子。这些
忧伤的词啊
你所包容的是我全部的光芒
在你文化的体内，被火炙烤的词
是生活之中的生活
是沉下去的沉重。

拿出一些词装点土地，
这些因放逐而蜕变的词
当他们和草木为伍
它们化为露珠
它们幻化成天空点点的繁星

或许，这就是思想的世界
人们安静地等候，词们，我的兄弟
从纸上瞬息跃过。

而，那些被遗失的将被忽略的
逐渐向角落而去
这不是堕落
这不是人生的自我放弃
这是，历史的，现实的，传统的
某种割舍。或者
仅仅是聚拢，在暗处。

因拿出，因遗弃
当青春的纸上空出一片沼泽
可能，这就是所谓的空虚
在词的后方，在句子背面
是干净的，令人恐慌的白色
有时候，这种光就逆行在街上
带着它沉默和无语的日子

树　叶

这是你的中年
成熟的叶子
我只能这样，说：你的中年
饮尽阳光
尽情放浪
把爱和历史藏于经络
我只能这样说，只能
在时间的横截面
汲取
一首面无表情的小诗

今 夜

今夜
只有酒
没有抒情

没有抒情
就没有女子
也就是，你
没有实质性的忧伤

秋天来了

秋天来了
就是老虎来了
我的兄弟来了

我宁愿相信，秋天
的酒事
如虎
比大地更荒凉
比天空更空旷

和八月有关

打开窗子
你飞出去，你一直
以为
你本来是鸟
退化后
才成为人，被囚禁
被压抑
被性别反复意淫

北　上

一

这里的故事已经很多，雪花
间接的叙述　把我铺开
在大地绵长的路途　我说
北上　从你身旁
一路奔波

二

土地下的河流，忧郁的流淌
相反的方向里　你南方的眼睛
和星辰一起守望着
邛岭。你
遗留和放弃清贫的地方

而我如今北上

三

你忘记了那天可以决定一生的故事?

彼此交叉指甲，彼此默默落泪
你始终不肯告诉　我
什么是完美　冰雪中永恒
的舞蹈

而我就要北上寻找　进入
自己严冬

四

在北方的北部　有一座冰雕
每一天我都极目眺望　我的女神
你眼神告诉我许多
北风的细节
你僵冷的手指在我的抒情里开始

溶解

请不要告诉许多人，我
在什么地方找到了最后的家园

五

北上，而今只有用无声的语言
告别故乡　麦地　洛水……

那些被反复铭记的片段

我要北上了　去寻找
完整的悲伤

六

请别记起我
那会让我动摇　你
在雪花身体里的片刻温馨

请别忘记我
那会让雪地上多一只迷途的小羊
它的眼神能够刺伤整个北方

南 下

一

宁愿和你对视，那双
有内容的眼睛
闯过我为诗歌设下的屏障
突然　我想用追随形容之后的漂泊

南下　怀抱吉他

二

必须抛开，必须抛开　冬天
在外面的呼声
它过分的激情，容易
让我记起那年你一个人南下的行程
一直把以后的夜晚刺痛　包括
你的迷茫

三

坚信　你在南方飞翔
总会流泪，但你在信里的暧昧

已经深深让我惊恐　你
是怎样开始忘记忧伤

你的朋友对自己说着　南下

四

南下　从今天开始准备行期
先告别一下　你的母亲
她的眼角一直唠叨
在远方的老去　但我相信　我会
从人海茫茫将你打捞

紧紧拥你入怀

五

不要说话啊
千万不要惊醒
半夜突然的敲门声　你听
我把北部的咳嗽带到了南方

你听　豪迈的北风……

六

宁愿和你对视，那双有内容的眼睛啊！

还好吗？

匕 首

很多不能用语言解释的，我们通常选择匕首。

——题记

我该走了，去耀眼的天空完成
一颗太阳和一颗月亮的死亡

混沌。我所喜欢的黑暗方式
为我打着手势
我懂了模糊的方向里
我只是和一只渺小的蚂蚁恋爱
我该走了，去巨大的雷声里接受洗礼
别问我最后的归宿
别替我预言将来，我的墓地
有没有一棵忠诚的青草

匕首的冷色里。我把你交给了冬季
你游动的姿势　很胆怯
像一片叶子等待野火，将
一切销毁。

我该走了，在遥远的山上和草原
用握匕首的手清理道路上的荆棘

土里　被谁深埋的尸骨
也将浮出

大 风

虚构的年轮里
我周而往返于一个梦的边缘
——题记

大风的声音足够解释一个国度
从生命到死亡的一切秘密

大风从远方而来
我听到风里隐藏的崩溃
像我多年的诗意悬挂在悬崖之上
低头凝望着漆黑的沟谷
大风另一个未知的影子在里面行走
大风像一条蟒蛇般飞舞

我有时就是纯粹的大风
从大地掠过只是粗暴的吻了野花
把它揽在怀里　一遍一遍
涂抹苍白的颜色

大风依然是前面的和后面的影子
我依然有大风刮过的细节
它们像麦地的麦茬　孤独的
排列在空旷的收获以后

大风起了
月亮闭上眼睛倾听田地的音乐

大风的手指疯狂的敲打视野外面的事物
那些声音里有一种清脆的声音　来自
一些死亡物体的骨骼

倒 立

我想着想着
身体就轻了，先是脚飘了起来
拉起了身子

我想着想着　我变换着姿势
意识是动力　它使夜晚没有防御
我想着想着　倒立起来
用脚轻轻踹了踹天空

有些亮光落了下来
里面夹杂着一些响动　这些迹象表明有人
的确，正在利用夜晚朗诵

而我倒立
头贴近大地
才能感知，抒情的句子
像一些敌人　纠缠着光束
整整一个夜晚

是梦吗？
不，这是我为你写的一首诗
我用了一些声音和一点月光

冬天的村庄

它们已经回来
散落于村庄各处
街道和房顶都被占领
白色的统治，让
时间静止
唯一试图打破孤独的想法结上了厚厚的冰凌
挂在檐下，像谁遗失的匕首
刺向沉默的土地

不幸的黛色和植物枯黄的影子
暗藏在几只乌鸦脚下
像被殖民过一百次
是的，冬天只有忍耐
当风也学会欺凌
我只能走进小小的屋子
守着散发出麦子和玉米香气的粮仓

而此时的窗外，景象依旧
它们从天空又一次落下
直到将夜色弄出压抑之痛

钝刀子

你还在杀猪，你
喜欢钝刀子
先从眼睛开始杀
然后是耳朵，你
还从尾巴骨杀过

你没杀过人，真的
你的女友们，一脸惆怅地说：你
是猪头君子，你是精神屠夫

剑 道

什么是三九
什么是三伏
我忍痛滴下一滴眼泪
丹炉
火声昂然
我就希望那缕青烟缭绕在
田军的小剑
银色的芒
银色的月光
银色的大地
起舞弄箫

什么是人的醉
什么是人的剑
当剑刺入那条洛河
水波荡漾
蛙声不断，我
理解
荡尽妖魔
需要血和汗水

你走
你行走江湖
行走在繁华的内心

灯亮着
剑在怀里
欲动
欲砍下头颅
让绿头的匪类
独自
安息在荒丘

突然，想到了一句老话
英雄寂寞
那就让我寂寞吧
像石头沉入水底
一千年
不惊起水波
女人啊——
别为我哭
别为我守寡
英雄有英雄的归宿
比如流星
划过苍穹
瞬息也罢
诗人已伤
煮酒，当着天下
茫茫夜色

窗

睁大眼睛，所有可视的物体
向远处延伸
选择角度也无法掩盖消失
明亮的，阴暗的
打开的，关闭的
光线　生命的风景

雨

天空的眼泪
落到我的身上
我便知道
有人　这样爱我

雪

附骨的诗歌
在冰河上开满花朵

路

你和远方的距离
终究会渐渐清晰
所有在苦中开放的花

风

唯一送我去远方的马匹
为我捎来回忆　一点忧郁

旧时光

旧时光，真好
你在
你在我所有的日月。

日 记

你不再怀孕
你牙疼，你有内伤，你
给你流产过的孩子写文字

你觉得日月星辰都像你孩子们的尸骨
你开始恐惧，你的日子越来越短
你开始失眠，你的眼睛开始干燥，关不上门

你在夜里喊叫："小心灯火，
小心强盗。"

语　言

其实老化的，不止
这山上的石头
还有，树及草，一切
以山为家的生灵。

天空多好

天空多好
或蔚蓝或阴郁，都在
高处。你只能仰视
却不能染指。

《 》

从文化北路到解放中路到环城路
我驱车，我周而复始，我
还原成机器，车的一部分
或者，仅仅是没有任何思维
在夜晚的降雨过程中，在雨水中间
任雨水落人视线，然后，锈住
某个身份不明的日子，你微笑的瞬息。

灯台架

灯台架在舞钢
你去了舞钢
灯台架是一座山
你爬了山

其实，你想说的是
你爬上灯台架
你流汗，你脱掉衬衣
你裸露在山风中
你一无所忌

那时候，你想
如果你是块石头多好
你可以连裤子也不穿
竖起来是自己
横下去是风景

关于忧伤

如果你是一首小诗
你的表情该是句子，或者
仅是句子与句子中的空

如果你是一首小诗
你的生活，象征或者比喻
我宁愿隐忍不读

关于忧伤
关于痛并孤独，你
总让汉字自己做主，在纸上行走
在夜空穿行。

文 明

脱掉衣服和穿上衣服
走在土路和乘坐地铁

一些语言戴上面具
一些语言干脆流失

开始冬季

当北极成为正式的歌谣
我的黄牛开始沉睡　以及
咀嚼一些岁月里的花朵

当大地褪色成单纯的苍白
我的洛河开始冻结眼睛　和
自己的流向

我们其实是荒远的神
清扫雪花　在土地播种

看不到月亮的夜晚

看不到月亮的夜晚
我只能一味蜷缩
在别人客意安排的角落里
认惊恐为母亲
和悲哀称兄道弟
甚至
昨天风儿轻快的歌声
也将是我噩梦的引子

我压低呼吸
我控制心脏的节律
耳朵里仍有许多不幸的消息传来
心脏里仍有人高举火把　诱惑
黑暗包围过来

空

秋天很空
夜晚也很空
夜晚在这个秋天
空荡荡的仿佛
一个巨大的容器倒空了内容
而我附着在夜晚的表面
像秋天的一丝气息
孤独，不可捉摸，通体透明
你能感知夜晚有人歌唱
仿佛来之遥远的天际

这是2004年9月，某日我忧郁的打开窗子
在三楼，目光所能企及是空
是月光照射夜晚的空
面前的建筑物，消失不见，仿佛
我的居所是孤堡，在另一个天地
坚持、对抗、却夜夜成空

窗台上的兰花逐渐枯萎
我目睹了整个过程
就像我目睹整个九月
细节消失，我置身巨大的空间
而风的粗糙击毁了一切
我想逃脱，或者，我张开嘴巴

而舌头在嘴里持续失重

忍受，很伟大
伟大到这个空间，想象
开始压抑
从夜晚内部：结构、组合、伤感
空成了空

秋天，衰败，却依旧没有退却
我还在原处，大地上多了很多东西
比如石头，僵硬地立着

空 虚

谁能抓住我的手，传递给我一些信息
告诉我，我还健康地活着。谁能?
这样大声地穿过坚果，触及易碎的果核
谁能这样勇敢和无畏。谁能?
我在询问中跋涉，我在回答中沉沦。
谁能? 除了那段尘封的历史，还有谁愿意
再次用春天的心脏，去温暖一切

浪人情歌（组诗）

泪光

如果你疼，你就咬我一口
我说：我要比你更疼。

想起马

想起马就想起草原
以及
目光里的空旷
那时候的塔里木
有少数的诗人经过
他们会在之后的时间
怀念
他们所遇到的事物
比如一只鸟
在塔里木上空经过时的鸣叫

雪

冬天耀眼的光
来自雪

来自白
来自苍茫的天宇

如果你在宜阳
如果你在县城以西
或者　你会遇到一个醉鬼
一个把自己作为雪的人
在雪地像风一样奔跑

平安夜

很多人都去了洛阳
都去了
像一群赶庙会的人
去了
又回来
疲倦或者失落　或者
空虚到梦里
把自己作为一种工具
驾驭在冬雪消融的路上

浪人情歌

如果喻体是一个俗字
我将注入哲性

注入忧郁和沧桑

那么，今天的天
该是什么颜色
你不知道
你的东南西北
你不确定你的方向

老虎

窗户老虎一样醒着
眼睛，越睁越大
吞嚼的声音从它那里传出
血和支离破碎的骨肉在夜晚的微光下，
照出一个影子
N年前的我，N年后的我
彼此杀戮，并以老虎的名义
从窗户进入。

我的刀子，发出寒光
我的骨肉里没有疼痛
举刀反抗的想法，稍纵而失

梅花

这样的天气只能开一种花朵
万物枯萎，只有梅花
在寂寞的土地上倾吐

那一分生的色彩
只为大雪纷飞中将原野分开
寂寞或者更加寂寞
梅花只在寂寞中迎风绽开

糜 烂

搁下笔，搁下
日子
最好搁下逐渐糜烂的肉体。

我知道你有多么希望，糜烂
最好是彻底的，最好
是绝望之后的重生重塑

一个活生生糜烂掉的人啊！

你希望我这样说，你希望
星辰倒转，你希望，我
更加铭记

你懒洋洋地躺在云朵之上
而大地未空。糜烂的气息
来回游荡

从A街到B巷，所有
你染指过的土地
糜烂是特质

你像个坏孩子，吹着口哨
你想吹烂天空耀眼的阳光，你想

让夜晚继续，你想

让我们看不见你，你
一个悄悄糜烂，最好是永远
不留痕迹。

末 路

我们说着说着就进入
这种状态
彼此只用眼神交汇
虚伪的衣服业已凌乱
仿佛午夜刚刚开始
而风正试图穿过
我们裸露的胸膛
向背后弱去
大地在影子里静止
爱情已经真空
发光体瞬间消失
心脏像郁闷的坟墓
花朵的轮廓渐渐模糊
彼此仿佛是彼此灭亡的真诚

千年老松

越白越老
导游小姐是这样说松树的
我觉得她是在说我
因为我很白
是苍白的白，在山间行走
如履薄冰

曲终人散

终于可以等到，阳光静止下来
会议室里有点阴暗
十几把椅子歪歪扭扭地躺在桌子的两侧
院子里的车声渐隐，该走的都走了
外面空落落的。我想这里只剩下了我
一个闲人的下午
拉开几把椅子，在它们中间打开铺盖
躺下去
让眼光顺着椅子腿和地面平行
在那里一地烟头、一地狼藉
就算我闭上眼睛仍绕不开，衰败的气味
在会议室里继续缭绕 缭绕
仿佛是在叙述夏天的刚刚离去

有一阵风多好
我想着秋天，刮风多好
最少窗外有些声响
让气氛不会窒息

如果你是田军

你带上生锈的镰刀
你带上装满西风的行囊

如果你是田军
你会在夜晚乘坐月儿
透明的小舟

你会，你对宜阳说过
你对盐镇说过：告别李贺后
你要远行

你带上生锈的镰刀
你带上装满西风的行囊

在你句子的空间苦行
悲伤和忧郁
不是麦子或者玉米

如果你是田军
你会穿过疲惫的原野
顺小溪消失

在一片母语的林子
寻找一尾将枯的小草
用镰刀缓慢收割你的一生

若

若是光明
若是黑暗
当两种光来回交替
若你活着
若你保存着一种静态
若，风隐藏在遥远的天际
若，你还好吧
若你还是完整的
若，我把你当成了一个正在修炼的妖精
若你真的修去了初衷
若你修得了无欲
若你将噪音脱落
你还好吧
若你还端坐在自己的心脏
若你真的将我忘却
若，你修成了
若你的眼睛单纯而不再美丽
若陷入了俗世
你还好吗
若你看不到草枯花落，秋叶恍惚

守　着

守着。在夏季守着夏季
心里的温暖将黑夜烧的通明

在窗台的一枚青草静静吐纳，月儿
在天空微笑
最终打湿夜晚的人
怀念着一些诗句，他们的不眠
因为夏季　河边的凉爽向梦里移动
梦到河的人，梦到夏季之后的镰刀
放于今夜刚刚结束的约会。

守着。一生无数次伏笔
在诗意逐渐繁茂的田间
如一只夜间飞行的鸟，土地上的影子
清晰了一次　转眼
只剩下绿色的气息　弥漫　浩瀚的像海

守着。一滴欲出的泪
生活中所有的情感都被铭记
有的像天空纯洁的月光
有的像树后被隐藏的声响
我只是在每个不眠的夜晚清点夜晚

为黎明而生的苦楚

它们在青石上闪烁，仿佛
他们试图将我俘虏
而我怀念所有被遗忘的故事
比如六月我收割麦子，麦芒
轻轻刺破手指

受难日

电话突然少了
日子开始失衡，你想
你总要做些什么，比如
接个电话什么的
和A君，或者B君，再或者小C
说说
或者，说另外的一个人
另外一段被漂洗干净的日子

你觉得，你有病
是办公室传染的那种病
你精神颓废，双眼无神
你气急败坏的像狼一样嚎叫：“这狗日的日子，
这变态的时光！”

死　亡

1

我不能再次沉重而不为人知
土地的裂缝在脚下延伸

你延伸什么？

除了贫瘠　只有等待
如此苍茫

2

所有的语言还隔膜着墙壁
虽然　天气也很明朗

四合院的上空　你说
你听到乌鸦正在狞笑

拉下窗帘　未必可以忘记
世界离土地很远　很远

3

妻子依然美丽　岁月只不过刚刚抵达她的额头
就为你而老

孩子们的嬉笑如此无辜
风想什么时候刮就什么时候

亲人们呀
只能眼泪飞舞

4

低垂的屋顶
蛛网无情的封锁仰望

曾经一座山
被风推向最后的诗歌

甚至　你看不到
一条洛河用生命歌唱

天　涯

天涯
我们都知道很远
都知道，你
去了天涯
很远很远的地方
却不具体

是北京或者是北极?

都不确定
都知道你在天涯，那是
比天空更远的地方，可能
比我更寂寞，更
容易铭记一些幸福

痛

痛是一个字，被孤独高高举起
轻轻的没有重量

痛是一个字，被夜和白昼隐藏
小小的没有重量

当我背负一段时间的痛
我自己没有了重量

没有重量的人，没有了思想
没有思想的人，没有了方向

我们的大风

我反复吟唱六月匆匆的大风
我反复询问你带走的一切
为什么大风狂妄
而我们只是默默忍受

我反复将一个身影揣摩
我们赋予感情的沙石
在急流的旋涡里
像飘萍般无助　漂浮

我们的大风行走在绿色的草地
我们的大风行走过雪白的羊群
而我们就是低头吻草的马匹
或者奔跑在一望无尽的野地

我们的脚印里永生着一种小花
大风从身边迅速而去　只是惊醒了
一个洁白的梦境
一朵白色的小花

大风。我们青春的大风
用去一个广阔的感念
也不能将你掩藏在岁月
衰老的历程

夜色中的大风是最单纯的大风
像一个英雄的印象膨胀我的窗台
遥远的月色　天边的星辰　正是
张弓搭箭的目标

我们在夜晚倾听诗歌下坠的声音
多像天空落下的流星
它们砸在大风身上　仿佛
它们击中了我落寞的胸怀

我们的大风
我们马匹奔跑而出的大风
我们在你身后为你沉默
我们在你身后为你高呼　大风——

我们的大风
我们至高的信仰像你摧毁的平静
闪硕但失去了耀眼的光芒
只有声音不断在夜晚徘徊　徘徊

或者我们把流亡加在你雄伟的躯体
沉稳却不惊慌失措
从我们向远方流浪
大地上刻着无坚不摧的声响

无题（之一）

意识流动的时候
天空上还流动阳光、云、一些细微的声响，
也降临大地
和着西北方
或者风在吟唱
用金黄色的眼睛 暗示
秋天　你
该用秋天的音律，逐渐消隐
最好是在黄昏
你乘坐一片叶子从容地经历那段旅程
从天空回到土壤
逐渐枯萎，逐渐精细地做着句子
以及激情的词语
渗入泥土
这些消失应该是短暂的
在此时，意识是流动的
像一个个淳朴的希望
在暗河，在泥土的心房，在一首
写在秋天的诗里，你
或者只是句子、词语、一个泡沫
或者只是一个相隔很远的传说
但，你主导了一个季节的倾向
主导了你的爱
你的诉说，甚至
是一次关于生死的解脱

无题（之二）

如果再悲伤一些
那只鸟，也许
可以飞低一些，或者
干脆落在地上

把风雨搁在天空
把尘埃和眼睛搁在天空

如果那只鸟可以这样决定
我将陷入漫长的黑夜
在漆黑的土地上，自由跋涉
无论月光稀薄与否

有时候我就是这样想象
天空的那只鸟
它一身疲惫，它的叫声又多么清脆
仿佛久经漂泊，它已忘却人世诸多痛楚

悟 道

打开夜色和关闭全部光亮
在发霉和安静的床上
你悄然想，你的今生，也
就在此埋没了
你的声音，你的多情，你的粗糙
都彻底哑然
或者你根本只是等待，冬天
从窗外进入你的身体
在胸口和手心制造一些寒意
冷却人间。你想
进入至高的境界
想想庙宇里那些脱离尘世的僧侣
清淡的日子
于是有一道光，闪过
瞬间，迅速，你遁入了空门
放下六根之脉
放下油腻和血性
光亮停在你的体内
像一条透亮的河水缓缓流过

春 天

躺进去
到长满野花草的大地
躺进去
躺进糜烂和希望共生的春日
躺进去
让脚和手指一起腐烂
躺进去
你的碑石灵魂和云烟恋情
躺进去
然后重生

夏　天

夏天是一堆篝火
我们舞蹈着踏入
在秋天成为灰烬
连同无辜的飞鸟
穿越冬天时一路悲鸣

秋 天

一个词无法形容
一组诗无法囊括
我立于你的心脏
却已不是你供奉的神灵

冬 天

沿着鸟们所迁徙的路径
向北，更北
祖国的北方
天空开满鲜花
大地深处响起微小的掌声

向北，或者更北
那条被语言冰封的河流
独自歌唱
它所到达的地方
正是另一轮希望

写给七月

仪式结束
铺满鲜花和松柏的山上
我仍用　遥望
告别这恒久不变的日月

你的日月
在宜阳，消隐的宜阳
我希望自己也能　即便
像云一样的消失

在七月

在外表繁华心地荒凉的七月
在结束和开始的周而往复中
我更希望水流还给我
清洗过的世界，而不是梦中的空景

雪地踪迹

你伤了大地
当大地被雪完全覆盖
一行跋涉的脚印
在土地上延伸

你伤了大地
你伤了大地忧伤的情怀
当大地在夜晚复苏
你伤着爱你的夜晚

在布满白光的土地上
你跋涉进一生的孤寂
留下痕迹
让黑夜慢慢破解

夜

这里的夜晚是没有鬼的
当我再次在心里膜拜神农
我肯定，这里的宁静
不会在我走后打破
这里的喧闹只是刘明柱
一个人的诗歌
他害怕这种静，他害怕静
成为他一个人的枷锁

遗书

请允许我还用这个词组：“亲爱的”
请允许我继续对茫茫夜色和大好
河山。动情吟唱
大河的涛声　山河的壮丽
我胸中隐藏的郁闷和绝望
我要，就此随同河流葬于祖国的山下

请允许夜幕里浮现出完整的草原
请允许牧羊的少女如牧我脆弱的灵魂。
而这将是我的愿望，最后的
没有造作。没有埋伏和沉重的生活
我就随那团篝火升上天空

请允许我流下男人的眼泪
请允许我擦掉男人的眼泪
在大地上只留下无字的碑文
而坟墓的入口请塞上我的骨头
让白日是骨头夜晚是萤火
我的意识被蓝火烧成虚无

亲爱的
这你能懂
兄弟、爱人、仇人、被生活所累
的人

你们能懂
你们得到了我的遗书
你们得到了弯曲的魂灵

遗书

第N次向内收缩，然后习惯性痉挛

你忍住悲伤，习惯性忍住
你必须忍住，你唯一的语言

你还要忍住，眼泪
女人的代名词，你说，你没有权利借用

你是穷人，你是光棍无赖，你是人见人厌
你不学无术，你没心没肝

你在时间的角落，在一小片诗歌的遗址
你用指甲，在一片枯萎的叶子上

划啊划啊，抠啊抠啊

你想写字，你想写下最后的文字
你想记录梦和幻想，甚至

你竟然，甚至，想用修饰词装点一下

你太大胆了！我知道，这是第一次
也是唯一的一次，作为男人的一次。

你勇敢地写下悲壮的遗书。

鱼

鱼自由地在水底
我羡慕它们的方向
始终在自己的意愿里
向东游向海洋
向西依然游向海洋

与朱怀金

杯子与杯子
匕首与匕首

打碎一首诗的硬壳
你满脸血迹出现在我的夜晚
你说，兄弟我的轮回，在八月中旬
你说，你要降生在山东、青岛、或者东北
祖国的北方

杯子与杯子
匕首与匕首

张永伟的网从远方展开
你满脸血迹，你从一个人的战争杀了出来
你一无所有，你最后一次自斟自饮
你最后一次虚无地，望了望，杯子和刀刃
那滚烫的日月。那捕捉到的日子。

羽毛语言：麦黄　麦黄

1.

洛河再次涨水
就像我的眼睛再次肿胀
一些含盐的水
旋转着，洗刷着
久久不愿流下
泊海子远行

2.

水北的麦子
和水南的麦子
像我的众兄弟
在风中一起朗诵
麦黄　麦黄
麦子就嫩黄了
像海子的早晨

3.

我于夜

我于宜阳漆黑的夜
投奔海子
在麦地的询问

月亮
静悄悄的梦
搁浅在西山以西

4.

你听过河水地诉说
你听过海子在昌平的孤独
于是你觉得
宜阳在气质上很像昌平
漆黑的城
黑的让人狂想
一些光亮

5.

海子
软弱地跌坐麦地
你家的
麦子为之倾倒

你听到麦子的王
大声朗读：麦黄　麦黄
我的忧郁

6.

你在麦地是有光芒的
所以你独立
所以你恐惧
被黑夜围困
只有诗歌一样的声音
川流不息

在七月的孤独

和远道而来的民间刊物
交谈着
从麦地里出去
葬于麦地的海子
梵高笔下的向日葵
在土地上摇荡

孤独蛰伏于七月

被我们所忽视的野花
空有一种诱惑
和我所有闪烁光芒的日子一样
若有若无　爬满山丘　以及
十年寒窗遗落的爱情

无一人将我提及
无一人将我放于自己最严密的心头
我的一切　唯有沉默
在夜里为梦而歌

这一生

随时准备交出头和脚
留下躯干在人间慢慢发酵，散发酸的气味
直到逐渐变臭。
在你圆润的脸上，
有着衰败了的痕迹。草一样地摆动
这一生。你说：你来得轰轰烈烈。
以父之名以母之名以神之名
你随时准备交出你的
在洛水中浸淫的灵性。完成你
这一生所有感恩的语言

你将用/死亡和汗水给秋天篆刻碑文
在冷落的宜阳流落，进入一条街的角落
交出这一生所幻想的
或者许多年承受的苦楚。当然
你可以不理解灵魂和肉体分开。痛
同时驻扎在你开始漆黑的眼睛

雪花飘浮
像这一生在天空的浮动
有人喜欢；有人伤感
有人随时准备交出自己虚弱的皮囊

主 题

给夜晚月亮
给白天太阳

该给自己什么?

一条曲折的河流
一座无法攀越的山峰

一个沉重
而没有人知的主题

自斟自饮

喝完这一杯，他们就该来了
上个轮回，我和他们约定，某年的今日
无风、无雨、无月、无欲，他们
从远方赶来，聚会，热闹，肆酒，然后
在混沌中离开，回到各自安静的坟墓。然后
用泪滴清除空气中的痕迹。

我关上房门，我打开窗子，我
喝完这杯酒。三楼
他们顺着窗户一个个进入，我的房间顿时
拥挤起来，最后进来的是那个叫做理想的人
我们罚他朗诵了一首诗，他整晚都在重述
最终，他是唯一没喝酒，唯一喝醉的人
被青春和衰老搀扶着走出窗户。我一直，等
看不到他们的踪迹，空下来的座位我一一又坐了一次。

第三辑

爱情小说

讲述一个故事
有多艰难
只有作者和主人公知道
爱情的咒语
让现实忧郁和多雨　所以
读者通常希望最终
阳光鲜活起来
照耀这烟雨的人间
我就是这样，作为一个读者
进入了角色
不动声色
注入伤感和困惑
让爱自己做主

八月最后的语言：亲爱的，亲爱的

一

我是多么想成为火，那个燃烧的王子
最好我能站在森林里，将一切试图阻止我
看到你的东西烧毁。让我的美丽的
一身蝴蝶般斑点的豹子暴露在月光中
和我一起在荒芜的土地上完成最叛逆的使命。
我是多么想啊！
想和你恋爱，这一生和下一生都在想
你会不会像我一样，宁愿被你吃掉
这样我们都不会面对俗语中的苦和别离

二

你不知道我有多么的想
我一直把这种想放在了洛水上，那条故乡的河上
我是多么的想，爱上森林里的豹子
并且，大声地说：我爱你美丽和质朴的豹子

三

从这片天空我已经看不到希望，多少小鸟样的女人

都不能像你一样，让我哪怕有一点点想法
恋爱的想法，有时候就像
我想念森林里的豹子，突然就出现了
甚至有些毁灭。我不是毁灭人类
我只是为你毁灭　自己的人性
虚伪的人性，像通常我们喜欢表达的
多么高尚的垃圾呀

四

我已经不再顾及，我是人
请你也不要顾及我是人
我是在人类中已死的灵魂

五

如果
我是唯一爱上豹子的人，请你不要惊慌
美丽的豹子。我只是渴慕
一条河让我如此的希望得到你
强烈的希望，甚至我能成为另一只
年轻的豹子。

六

八月的火将要熄灭，而另一种孤独
却要延续。
我的豹子，在月光中一声不响的豹子
我是多么的想毁灭森林后，你暴露在我忧闷的眼里。我眼中的
　深蓝将在
这种荒芜里种下种子，让人类重生。

七

我又一次向你表白爱慕
不仅仅是赞美
如果还有童话，你会是幸福的豹子
越来越多幸福的豹子。 结果
国度和界限都被焚毁。大地上
都是我们葱郁的森林。
美妙的溪水
歌唱家溪水，你穿过森林时
我会整夜在母豹子身边
为你写诗，并且大声
说：亲爱的，亲爱的我的森林里的豹子
像是森林对公主最高的礼遇。

八

最好你在今夜就穿上洁白的月色
因为用灵魂生活的人想念家乡
月光是天堂里最美的婚纱，也许就在今夜
森林里正在策划你怎样成为我的新娘？
我会首先带你回到洛水边，看看那条河水上
我为你准备的新房。
干净的新房只能建造在水上，这是谁都
无法改变的，就像我对你的爱情。

出 身

有人记得
一个常在溪边落下影子的姑娘
至今她也弄不清楚溪水的尽头，一条河
也许是比河大的海洋吧！

我从海洋上返回陆地
却找不到城堡一样的故乡
宁静的小城闪硕的东西很少
即便夜晚没有月光　我应能看到一双眼睛
挂在一株高个子的玉米穗上

冬 天

洛河出现了寂寞
在水面上
在它独自唱歌的心脏内部
有些鱼沉在水底
寂寞地停在那些细腻的沙子上面
还有一些光滑的鹅卵石
像你欲言又止的心事

多年前的公主

和多年前的秋天一样
这里弥漫着衰竭
透过玻璃窗的是白和灰两种景致
多年前的你，也就是这样
单纯的经过窗外
白和灰映衬着你的美丽

多 云

许多。许多记忆的碎片
像一些无助的叶子
被风带上高处

我听到一些惊呼从上面掉了下来
其中，有一个声音，打在我的心上
我比你们都痛。

给 S 的一组

小幸福

我希望你们分享我的快乐
和幸福。但
我不会说出名字
当锦屏山再次倾斜身子
已是秋天
天高云淡的，偶尔
还会来点小雨

第二天

第二天的我
开始回忆，开始想象
我知道这是铭记的开始
比如你娇小的身体
怯怯的声音
像小雨点落入大地

气流

冷空气的秋天

在雨中
我驱车从南向北
穿过宜阳大桥时，我减速
望了望你。你　看着窗外
你的神态有些忧伤

秋天的河流啊
雨水中的河流
你带走了一个人的童趣
留下了两个人的落寞

我驱车向北
我们要抵达的地方是原野
是秋天的收成
这会让我们一起快乐

雨

我相信它是天空折断的目光

如果爱

想到了一种花可以表达
如果爱
那我会捧起它

放在宜阳，最好是放在天空
你随时能见　随时
能闻到花香和淡淡的烟草气息

如果爱
一个男人的成熟
如果爱
一个女人的冲动

我将停止一切跋涉
停止在宜阳
静静爱你
像一个乖孩子

又一夜

又一夜，我等
月光再次照亮小城

我想赞美
我要赞美
月光中的宜阳
寂静的仿佛千百年未醒

所以，它是传统的＼古典的
未被时间所伤的

像一个女孩子，在我的眼睛里
被收藏，被反复吟唱

又一夜
不
这不是轮回的起点
不
这更不是一场离别

我想叫你MM

日光里的枷锁
在夜晚继续加固
尽管你在角落
你在日光的盲点
你在光线不能企及的地方
你只能想
你的软，不是哲学的
不是口语上的
是骨子里的
在春天像一条软绵绵的无毒蛇
蜷缩在洞穴
把对绿色的渴望深深埋藏

或者想到了其他

夜晚的黑，让玻璃变成镜子
我
站在窗前只看到，我
一双疲倦和茫然的眼睛

突然
我想流泪
我的累述没有留下空白

我只是时间的失败者
或者逃亡在光阴的途中
被寂静凌辱

今夜宜阳上空不会再有星辰

今夜宜阳上空不会再有星辰
凌晨 3 点
星辰们没来
你躲在我的心里
你也没来
或者你本没离开
只是害怕黑暗
所以你躲在我的胸膛
像受了天大的委屈

鬼 鬼

想起一个人的名字
以及她的全部
而我不知，天堂里的事物
是否在暮色里
能够抵达　她所设计的
在怀念里聚会
在铭记里流泪

红　衣

在大道上轻轻飞起的，是我
一如忧郁的语言
它们想要抵达，低头行走的路边
红衣像一座装满玫瑰的花园
我的语言像一种顽固的昆虫
走呀　走不出　花瓣
她像单纯的花朵
我所有的偎依，片片
注满爱慕

怀念鱼

怀念鱼
怀念被雨水淹死的那条鱼

它的无辜让我自责
洛阳的雨夜，一条被提及的鱼

被暗语定格成，剧的大幕
情的信物

怀念鱼
怀念被风化成石头的鱼

我常在夜晚走到时间的墓地
看着它跳跃的姿势

灰烬

比自己还要轻的，那些被销毁的脸
守住西风和落日将一切隐住
我是孤独的，没有任何可以留住
骨灰　眼睛用含盐的目光
把一切消失

我躲在岁月之后，看看
自己是不是完全被焚烧
不留下任何踪际　被你
找到脆弱。

或者只是一阵风

当午夜的列车以它自己的速度奔跑
它的声音，它的主人和仆从
在舒适的小居室开始萎缩成抒情的样子
细细打磨月光，细细打磨空气

一切都很轻

比如你的名字，在午夜的失踪
注定了一些轻轻细细的痛
撒在天空如繁星般密集

当午夜的列车以它自己的方式诠释
经过一座座城镇和村庄，你
一个失落的和孤独的，你
有一个阴谋
你想拥抱，你
和你含泪的内容

宜阳的千里之外
宁夏的方寸之间
一些断续
一种割舍
以一列风速的火车铭记
公元后的一小截日子

夜晚起程

黎明消失　或者

这只是旅程中的一阵风

继续寻找城堡

我爬在新世纪的第二个年头，数着你的长发
玫瑰味的，菊花味的……
或者很多开放的花朵铺在路上
我在这条路上回家
有时敲敲你家经常关闭的门。然后
放下一首诗歌
请在清晨把它放进小溪让它迂回在城堡周围
那么　我就知道这些年来你一直爱我
溪水里还将有你的倒影

假想你们拥抱

首先是意识，后来是真实
先从意识里，假想
你们拥抱，并暖意地发出声响
当你们真实地拥抱
像一块破布包住一块碎海绵
这声音反而越来越小

贱 人

你躲在夜里开始种植
那些雨点
你有点骄傲，你矫情的认为
你是一首浪漫诗词
你期待人们从第一缕光中醒来，他们感叹
“靠，又他妈下了一夜”
反正你喜欢他们这样，你喜欢
这些人的直白，你喜欢
即便是最粗糙的问候！

结 局

这是没有结果的
他被风吹到天空，像
风筝或者一片云
在宜阳上空不合时宜
的飘着

她进到房间

她进到房间
我在
我把一把钥匙放在她手上
这次古老的约会
没有第三个人知道

她一定很爱你

每天N个电话
打过来
说说天气或者伊拉克
有时候甚至不说诗歌
但，她一定很爱你
像爱祖国以外的地方
她说，黄皮肤的外国人
白皮肤中国人　甚至
她说到了混血儿
最美丽的生殖
和最广义的结合

兰　兰

在一首诗的旅途中，在窗前跑了一个来回
而我，闻到了玫瑰的芳香

——《遥遥》

原来你也在这里，虚构的空间
埋藏着许多梦幻般的光斑
如蝴蝶飞舞

我想我的兰兰，比蝴蝶更美丽
轻盈的风
试图穿过当年柳林，停了停
看上去天空的景象依然宁静
云朵上的事情，又非
我能确定

想着这些，我的
思维开始枯萎
仿佛秋天已近　逼进
我怯怯的心房　在里面
残酷地种下寂寞和荒凉

有时候我就是这样，追问
兰兰　我的兰兰
你可在，在我的身边像蝴蝶

飞进了夜的光斑
在那风中晃动的还有，野地
和浩瀚的月色

兰兰　你可在？
独活
独自在跋涉的途中，我
只是充当了配角
充当了这些年你人生舞台上的过客

夜晚
我擦亮一些爱意的词语
让它们和你慢慢融合
亲爱的你会来吗
彼此拥抱，让灵魂交织
兰兰啊　我的小小生命的又一载体
在这空间漂浮

兰兰
你知道吗
人世间的生机因你而起
人世间的湮灭皆因爱恨别离
我的存在，因你
而有意义

梦里继续

亲爱的，你看见我了吗？
那个背叛青春的人。是我
所有郁闷的时节。

如果你看见了，亲爱的
会有什么结果？梦里的情节
我拿捏不准！

亲爱的，继续或者突然惊醒
我不想看见你眼含泪水，那
被盐分塞满的深夜。

你 说

你说，秋天，孤独
像那些枯草下的昆虫
你说，秋天，露水
常常打湿你美丽的眼睛
你说，很多时候，你仿佛有很多的话
在刹那间流泻。或者
你只是想想我暗示，秋天，你很孤独
所以你要说，你要通过某种信号
把你荡入夜空。你说了这些
你说，你要跳舞，你要像一朵白莲花
在月光中，在天空，在我能感知你体香的空间
你说，哥哥来吧，把我带回春天的池塘

青 草

如果　能够变换一下角色
我想成为一尾青草，在春天
在村子周围
在泥土的气息里，等你
在下一刻出现
在夜晚的月光出现
在轻轻风里，你将目光　从我
移向浩瀚的星空

忍 受

越过上空的有：飞鸟　云朵
以及幻觉
把山和大地笼罩的　仿佛它们从未
经历苦难和落寞
真的，当我仰望这些
我想到了爱情　有生命的植物
默默忍受着景象的变迁

日 记

这是我和五月的纸张，背景的白
让我回忆一些被糖果滋润的细节。

一个单纯的少女
逐渐走出夜晚的黑，白昼的白
用长长的头发挽起千古的月光。

在洛阳和新乡，我的马来来往往
驮来四年的日月，送走迷离的季节。

诗意的蝴蝶

玩弄过鲜花的
和有着漂亮眼睛的
是同一只蝴蝶
它的肚皮懒散地贴在一根花茎上
它有些脱水，当花茎干枯
花朵自己飘零
它的灵魂挤干了水分
是的，秋天土地裸露出荒芜
蝴蝶亮出了风
最后的抒情
诗意的蝴蝶，诗意的死亡
在唯一的花茎上，秋天
无法停止忧伤

听到声音的时候

听到声音的时候
夜已熟睡
她像一只壁虎，攀援
我的窗户
是一层咖啡色的玻璃
因此，我只能看到一个咖啡色的轮廓
倔强地，试图进入
在摩擦和滑落的夜晚
风是那样小心
仿佛陷入多年前的思绪
那是一条河的渡口
也是秋天通向冬天的渡口
顺流而下的牵挂
挥手作别的是暖意

听到声音的时候，月色静默
北方传来的
有些像河流的涛声依旧未停

我开始怀疑那些细节

我开始怀疑细节
那个躺在我怀里的懒洋洋地打着哈欠的女人
顺手拿起放在床头柜上的小镜子
开始补粉，描眼圈，搽口红
然后把小脸蛋凑到我的嘴边

午后的阳光从窗帘的缝隙挤进来
照在两个人相互交织的身体上
像照耀两个人形的妖精

我开始怀疑那些细节
做人的细节
满足和疼痛，欲望和空洞
迎着光线散落在胭脂和口红上面

无名酒吧

看起来都是些闲人
都是些十五 六的少年
这些少年在各自支配的格子里
与同性，与异性。排斥和吸引。

昏暗的烛光，抒情的音乐，从某个位置
旋转着飘过简单装修过的房顶。我和我自己
刚刚找到的一首诗对面坐着，我要了一杯夜行人
为她要了一杯柠檬水。我们经过N次干杯

N次，你知道那是多少次吗?
我翻烂了我所有的伤情诗句，迎合着
每一次举杯所企及的空虚。在无名高地
莫名奇妙的散落着诸多困惑

想 象

在宜阳
我很希望遇到另一个人
当她也孤独的在雨中
像我一样穿行
我知道她不是诗人
只是一个偶然的过客
但我很希望遇到她
自然的像微风遇到了秋雨
在天空和大地上飘荡、飞落
甚至不眠不休

我想象这种交合
就像流泻的传说
在雨水中洗涤出一些真相
因爱而闪烁火光
照出玫瑰的颜色

小 指

谁的小指一勾　兰花就开了

一

我把诗放进你的天空
你看到那片云彩，我就相信
你终于又看到了我
绚丽和飘逸的云朵!
我想你的浅笑，已经展开
在青草陪伴的河流上，伸出小指
只那么一勾，你的罪
就诱惑了我的今生

二

还是那种背景
继续重复
你优雅的姿势
却一再变化
就像兰花展开后
一会娇羞
一会儿传递幽香

三

我终于恐惧
如果死亡是必然的
你是不是也会像我身边的少女
悄然离去　或者
我只是幸福之余
突然想到，冬天
你荒芜成一个遥远的传说
只在梦里
永恒那些美丽的阳光

四

我于是又想到了另一行句子
把你精华进去
把你最奢侈和我
最简陋的一生
一同还给那些句子
让那些句子抱住你
或者紧紧抱住你
咬住你细腻的小指
走过下个轮回

五

其实我该先说，你
其他的诱惑
比如你注水的眼眸
和春天的苹果脸
不说你指尖的笑意
悬挂着羞红的表达
但，我还是选择了
小指
像剥开的小葱
惬意流转
弄乱了我的触觉

心地荒凉

这不是酒精中的季节
你屏蔽所有和幸福有关的词语
在城堡之外，在夜幕和天地之间
自由飞翔的仍是　那几片
黑森林上空的云
你想到了许久以前的过往
那些来来往往的人，比动物渺小
他们忘却爱情在自己虚弱的体内　咀嚼
无所做为的日月
或许，荒芜中的背景
在七月硕大的悲荒中已不能预知
尘埃的走向。
你像屠夫剔着骨头
毛毛虫的、鸟的、动物的一切
比生命专业
比空惑更容易囚禁时光

羽毛落下一地雪

在空中时我很怕
我的脸很白，是男人的白
在空中时她很怕
她的脸很白，是女人的白
我很想用我出汗的手握住她紧张的表情
但我更怕没有距离的沉重，最终
酿造一地雪的悲凉

雨 夜

黑暗浮起来的时候
一些散乱的声音也充盈了起来
还是那个女人，有玫瑰花香气的女人
在丰李这座小镇。隔着建筑物
甚至隔着轮回、宿命以及
我所能望到的天空

雨，其实，终究要减弱的
正是这种恐惧，让我在屋里
将影子印在墙上
这也让我开始和赶考的书生　在灯光中
有些相像。都是在夜晚思考未知的前程

而窗外，淡淡的花香
将要在雨夜
使秋天来得迟缓一点
尽管日子有些糜烂
诗人、神棍、狐仙在同一空间交错

云 朵

下雨的时候
我特想念云朵
就是晴天那种白云
轻飘飘的挂在空中
仿佛它们自身没有重量
跟着风向
跟着阳光

想着想着，突然
喉咙里泛出一句歌词：“妹妹呦
原来你在天上。”

在灵山

我一个人在灵山
进入庙宇
进入一座小小的城
我在小城里，寻找
我前生的泥像
在香火残留的夜色
我终于爱上了观音
她的慈祥
在黑暗中抓住了我
下沉的心脏
用广爱的手
握住冬天的冰石
我还能说什么?
在灵山
我就这样融化吧
化成春水
流过爱的指间
传递她的福音

最后的情诗

我准备写一首情诗，给
旧时光，给宜阳，给含思
因为，我的马老了
它会在冬天，我准备旅行的日子
守着一小片阳光，它会
用它暗淡的目光落在萧条的村庄
我知道，它会。它会一动不动
不论我如何呼唤它的名字

评论1　羽毛：我相信它是天空折断的目光

李霞

因为网络，因为诗，羽毛出现了。从洛阳南边的宜阳县城，从诗鬼李贺的阴影里，羽毛出现了。

如果你疼，你就咬我一口
我说：我要比你更疼。

——《泪光》

许多。许多记忆的碎片
像一些无助的叶子
被风带上高处

我听到一些惊呼从上面掉了下来
其中，有一个声音，打在我的心上
我比你们都痛

——《多云》

这两首诗，告诉我们：诗人知道什么是疼了，还知道什么是痛了，天真无邪的少年成了浪漫忧郁的青年。而我更想要说的是，羽毛举着青春的冲动，爱情使他一下获得了诗人的入门证和通行证。就凭此诗，羽毛完全可以加入优秀青年诗人之列。

感人甚至能俘虏人，精致甚至有些老到。也许起跑过快，在羽毛以后的诗行里，像这样能“听到一些惊呼”的诗作并不多见。

0。

因为网络，因为诗，羽毛出现了。从洛阳南边的宜阳县城，从诗鬼李贺的阴影里，羽毛出现了。

一。

精炼是诗的本质标识之一，羽毛的诗作每首大都在10行左右，每行大都在10字左右，是较典型的短制，也体现了诗的形式特征。

《雨》竟然短到只有一行：

我相信它是天空折断的目光

把那丝丝缕缕，飘飘洒洒，从天而降的雨，想象为“天空折断的目光”，大胆奇特新颖，而又不失贴妥，叫人回味无穷过目难忘，是一首成功的一行诗。

1979年诗人麦芒以一行诗《雾》：“你能永远遮住一切吗”蜚声海内外，从而改变诗人的人生命运，已成为当代诗坛的一段佳话。一行诗构思精巧，内涵丰富，因而广为流传，影响深远。

北岛的《人生》只一个字“网”，迄今仍存争议，这足以说明一些朦胧诗的特征，其内涵任凭读者去想象去理解了。

羽毛的《雨》虽然影响不大，但其思想感情艺术与前二首相比，内孕更繁杂更现代。说这是一首写景诗，一首情诗，一首哲理诗，都可以，都会让读者从各自的内心找到共鸣点。

二。

白白胖胖的，眼睛大大的，一位公安刑警，一位洛阳青年诗人。见羽毛也有好几次了，可是从没见他着警服的模样。诗中的羽毛多愁伤感，忧郁，怅惘，孤独，悲观，苦闷，痛苦，迷离，不知他是中浪漫主义、象征主义的毒太深，还是曾被情所伤，还是天生的性格使然。

在我的宜阳
你必须有忧伤的眼睛才能与我相遇

甚至，你是痛的，黑的
角落的，一切孤独

你才能遇到我，遇到
真实．遇到语言之外的语言
遇到伤痕累累的空旷原野

——《宜阳》

宜阳是羽毛生长和工作的地方，“在我的宜阳”，说明羽毛对故乡还是充满深情和自豪的，然而“你必须有忧伤的眼睛才能与我相遇”，为什么？

比自己还要轻的，那些被销毁的
脸
守住西风和落日将一切隐住
我是孤独的，没有任何可以留住

骨灰 眼睛用含盐的目光
把一切消失
我躲在岁月之后，看看
自己是不是完全被焚烧
不留下任何踪际 被你
找到脆弱

——《灰烬》

原来“我是孤独的”，因为“无一人将我放于自己最严密的心头／我的一切 唯有沉默／在夜里为梦而歌”。（《孤独蛰伏于七月》）孤独本是生命的常态，却成了一些思想者的病态。孤独是世纪病也是诗人病，唐朝的李贺是孤独的，刚走不久的海子是孤独的，羽毛也是一个孤独病的重度感染者。西方象征主义诗人认为，写诗的目的在于表现人生的苦恼，发泄个人内心的忧郁和烦闷，因为在充满了异化和压迫力量的世界面前，人只有痛苦窘迫，无能为力。可喜的是，诗人并没有安于孤独，他也知道孤独的人是可耻的：

谁能抓住我的手，传递给我一些信息
告诉我，我还健康的活着。谁能？
这样大声的穿过坚果，触及易碎的果核
谁能这样勇敢和无畏。谁能？
我在询问中跋涉，我在回答中沉沦。
谁能？除了那段尘封的历史，还有谁愿意
再次，用春天的心脏，去温暖一切

——《空虚》

题目虽然是《空虚》，但内容的春天在诗人的诗中是极少见的，“谁能？除了那段尘封的历史，还有谁愿意／再次，用春天的心脏，去温暖一切”，诗人好像找到了自己的拯救者，欣喜和兴奋无以言表，其实诗人最清楚，在这个世界上能拯救自己的只有自己：

你会，你对宜阳说过
你对盐镇说过：告别李贺后
你要远行

在一片母语的林子
寻找一尾将枯的小草
用镰刀缓慢收割你的一生

——《如果你是田军》

告别之后，就要远行了，他到了哪里？原来诗人并没有走出诗，也许诗人就无法走出诗，从心灵出发只有回到心灵，心灵是孤独的猎手。“在一片母语的林子”，除了诗还会有什么呢。

生活在别处，生活在诗里。羽毛对内心的体验，好像在实现认识自己的真实，也构成了自在自为的内心世界作为本身无限的精神的主体性的美，但这样的自我封闭正是忧伤之源，也是虚无之因。夜晚无法不走向阳光，窄狭的理想化的内心与丰富多元的现实无时无刻不在冲突。但愿诗人并不老是“躲在岁月之后”，完全可以试试走出感觉之外，现实日常甚至世俗也许比幻想更多彩，也更富有挑战性。

2007. 12. 16　于郑州

评论2 羽毛之重

怀金

作为一片羽毛会怎么样呢？漫天飞舞，随风而动；或者依附于一个美丽女人的双鬓，作为点缀和装饰；但还有一种可能，就是在古代武士的头上，这羽毛就有了几分血性，几分杀气。“羽毛”是田军的网名，一个有着更多刚性气质的诗人田军，却起了个常理上软绵绵的名字。我曾问他个中缘由，这小子却笑而不答。

在洛阳这块特殊的地域，生活和存在着许许多多的诗人，古代的、现代的。有时候你分不清是谁在说话，“一幅画是一大群破坏物”（毕加索语），同样地，一首诗也是一大群破坏物。它们打破了一些固有的语言和意境的逻辑秩序，从而使每一个诗作者都不可避免地生活在“中国古典诗歌”和“西方现代诗歌”，这两大传统的影响下。这种“影响的焦虑”或多或少的影响着每一个人。而在河洛大地上左冲右突的诗人们却鲜有“浮出水面”者。

一个“告别李贺后就要远行”的诗人田军出现了，这个只带着“生锈的镰刀”的家伙，边走边唱，行吟诗人般把诗歌撒了一地。他的目标是寻找“将枯的小草”，当然这些都是爱以及爱的废墟，而最终的目的是“慢慢收割你的一生”。

艾莱娜。西苏在《美杜莎的笑声》中写道，“对于生活，她什么也不拒绝，她的语言不是囊括，而是运载；不是克制，而是实现”。具有自足和自觉意识的田军，你很难想象到他会写出“春天到了/叶子悄悄回到人间”，“我只是风/将她的脸慢慢吻红”这样清醇美丽的句子。不可否认，每个人都带有青春期写作的影子，这也是难得的“蝌蚪的长尾”，蜕变中的舍弃。更有“那是春天/我刚唤醒对露珠的爱情/一棵草的爱情/渺小　矜持瑟瑟发抖”，细腻、敏感而又运载自如，这是词语内在逻辑的成功，更是一个诗人心智成熟的标志。

你很难想象一个满身江湖气的家伙，竟会写出如此细腻、深情的诗歌，他的前期写作更多的是情诗，这是青春期写作中不可缺少的经历。

田军基本上属于2000年以后开始写作的诗人，得益于网络这个公共平台，在网络上占山为王，啸傲山林，叱咤风云过一段日子。又突然潜水玩起了消失，在宜阳城一个小县磨刀霍霍，暗炼内功。这从而使他的诗歌增加了哲思的深度和厚度。“辽阔的土壤/我该种下点什么”，他开始了思索；“我坐在房顶，整个春天，我在/炊烟的旁边，目睹了整个过程”，面对《春天》，他在看什么？是时间，是生命的轮回！爱情是一个永恒的主题，时间更是每一个诗人必须面对和思索的。“时间是许多事物的总和，是由于可导致死亡而成为复活的一个条件”（贝可特语），时间成为我们思考事物的一个前提，一个重要的要素。正如诗人翟永明所说，时间也正成为我们对付逻辑的力量。

田军的诗歌往往会给人一种错觉，在似与不似之间让人产生恍惚，这也导致有些朋友下了这不是诗的判断。其实，诗歌是什么？这不是一个“像诗”或“非诗”的判断，而是一个“什么是诗”的判断。“文胜质则野，质胜文则史”，关键在于“质”，它表达了什么？或者它又如何表达。

在诗歌中，看似不经意的切入，口语化的叙述，在一个思维的拐点上诗意就产生了，就发现了。就像羽毛，轻轻的来了，又轻轻的飘走了。看似什么都没有，其实诗歌发生了。羽毛干了什么？羽毛改变了什么？为什么是羽毛？这都是诗歌的“眼”。学者梁宗岱在评价陶渊明时有过这样一段话，“我们很容易把浅易与简陋，朴素与窘乏混为一谈，而忘记了有一种浅易是从极端的致密，有一种朴素是从过量的丰富与浓郁中来的”。

晚出道的田军的难能可贵之处就在于，既没有传统诗歌的束缚，又不受西方现代诗歌的影响（当然，这不是绝对的），在口语化的叙述中，走出了一条网络诗歌的路子。在他的诗作《南岭》、《我开始怀疑那些细节》、《比喻》、《在延津的时候》中，表现优为突出。在平淡的叙述中，悄悄进入了诗歌的核心，没有一丝人为的痕迹，显得自然而随意。就如高手过招，平中见奇而又意义自现。“事物会转变成意义的存在：它们不是什么，而是意味着什么。甚至没有意义也是一种意义。当意义接受良知的检阅并扪心自问时，它到达的是一个荒谬的极端。意义的意义是什么？意义存在着两种相反的意义：它是我们进入事物的缝隙，也是我们逃离事物的缝隙”（帕斯语）。此种二律悖反需高手才能把握，《南岭》和《在延津的时候》表现优甚。

口语化写作最大的弊端就是口水泛滥，因此不动声色的理性和节制是必需的。奥地利作家耶里内克曾说，“语言是一条狗，它拽着皮带向前跑，你只好跟着跑。”跟着跑不是瞎跑，有选择有方向有节制的跑。诗人永远躲在词语的后面，拽着词语的缰绳。卡内蒂在其《钟表的神秘心脏》中表述更绝，“在词语开始闪耀之前，他把自己削得更短”。因此，从另一个意义上来讲，诗人的低调和隐忍，显得尤其重要。

虽然说“我的世界的边界既是我语言的边界”（维特根斯坦语），但每个时期的经验要求，必须要有新的表达。“谢朝化于已披，启夕秀于未振”（陆机《文赋》），通俗地讲，就是“人所易言，我寡言之。人所难言，我易言之，自不俗。”（姜夔《白石道人诗说》）的道理。诗歌贵在创新，没有自己的独创，哪来的新呢?

田军后来的诗歌显得厚重、深沉了许多，但总体上又有点芜杂、混乱。一些片段的话语敏锐、犀利，这显示了他所要掘进的方向。也可以看出他正在经历一个自我选择、自我净化、自我蜕变的痛苦挣扎。不管是海子对他的精神指向，还是朋友对他的影响，这在他“死亡”主题的探索上可见一斑。当然，探索的痛苦与挣扎，是一个人可贵的精神历程。“当你牧马江湖累累伤痕却无法倾诉/你的思维必被定格在春天的归途”，田军的这句“诗歌还乡”的话，不知为何，总使我想起诗人昌耀的那句题词，“前方灶头，有我的青铜茶炊”。家园的感觉，总在前方，总是那么温暖。

和田军相识，兄弟们总是有那么多的话要说，有那么多的酒要喝，我们两个分处洛阳、宜阳就像两个各自鸣叫的蟋蟀。法国的一位鸟诗人科可托早就说过，“要知道我的作品只对发出同样波长的人而写”。

此之谓“羽毛之重”。

怀金于东林三角地

2008. 2. 23

后记一

其实，我的话已经越来越少了，我甚至有失语的可能。我想，这与职业无关，我只是尽可能的保持着作为一个旁观者的觉悟，所以我必定是孤独的，落寞的，有一点点悲情的。

我从2001年开始网络诗歌写作，2008年淡出网络，几年时间大概临屏了一千五百多首。后来在首都和诗刊社王燕生老师见面时，王老第一句话说："年轻人太疯狂了吧?你几年写的诗歌超过了我五十年写诗的总和！。"现在想想还另我羞愧不已！他哪里知道我只是把严谨的诗歌创作当成了网络日记啊！一个人的日记，一个与词为伍，与词狼狈为奸的人，他的日记能承载多少历史使命和责任。宣泄而已，或者只是在词的内部挑逗着词语本身。这也是我久久不敢结集出版的理由，虽然几年前郑州的李霞老师早写好评论文章，但我还是从内心拒绝着把网络的变成铅字，直到前段时间好朋友好兄弟朱怀金几次电话。我才决心把网络原文搬到纸上，并且不做任何修改，它就是网络的，无所谓质量，它就是当年态度，它就是当年自己。只言片语自有它自己生命存在的光芒。

谁没有年轻过？当我们感叹年轻真好时，我们或者是真的老了，或者是心老了吧！一花一木一世界，每个人都是自己的诗歌。诗歌不是高雅艺术，诗歌属于人类本心。这几年基本上没上过网，也没再写过东西，当我再次开始的时候，也许是找回本心了吧！

当你牧马江湖累累伤痕却无法倾诉
你的思维必被定格在春天的归途

2013年4月2日凌晨于宜阳

后记二　写给我哥的话

在镇上，有三种人会显得比较另类，诗人、歌手和美发师，而我和你碰巧占了两种。

认识你时间最久的是爸妈和我，骨子里充满深刻而感性的文字，从小镇到县城然后到洛阳，毕业后又回到县城，你的心一直在自由驰骋，你的脚步却就此停在了洛河南岸的宜阳城，而我用15年时间越走越远，尽管心一直向往家乡。

记忆中总会有很清晰的画面不断回放，比如，夕阳下一家四口骑着一辆单车在麦田间的小路行驶，耳边仿佛能听到老爸累的大口喘气，很后悔当时不懂事，如果时光倒流，我一定会拽着你下来跟着车跑，然后看着老爸更加轻松的载着老妈回家，那样，会更美好。比如，一家四口坐火车去市里王城公园看牡丹，回来的时候从铁门镇步行回盐镇，中途休息在一个土崖边玩玩具松鼠。再比如冬天的时候，放学后我和你一人一个小凳子，坐在灶台上取暖。

夕阳西下，炊烟升腾指引方向，鸟鸣落虫声起，小镇的节奏，比村庄快，比城市缓，据说，爸妈是高中校友自由恋爱，学生时代都喜欢音乐，只可惜在计划经济时代，什么都必须服从计划，于是大部分人高中毕业就直接就业了。

当我们还在镇上的时候，就把你送到县城上初中了，爸妈一直都预计叛逆的你长大后会去很远的地方工作，而柔弱的我将会留在离家最近的地方生活，当世界越来越繁杂，当我偶尔被影响而变得浮躁，我总会想起年少时在小镇的生活，那样会让我瞬间回归简单。我总以为，我的骨子里一直想要回去生活，而你的骨子里是浪迹天涯。

你用“诗”承载你的喜怒哀乐，无论洛河还是后河，我用“歌”抒发我的情怀，无论伤感还是快乐。我们用“诗歌”赋予小镇无限延伸的可能，如果有一天，我在异乡老去，请把我带回小镇里，回到原点以另外方式，存在。

你的文字极尽嘶吼和暗涌，但是我想借用你的一句话来说明你的简单和执着：“弟弟走后，我是唯一为他整理歌词的人……”

此刻，无论多少语言，都不能完全表达我的心情，在《宿命的伤感》诗集出版之际，文轻笔拙的表达，都只是为了让大家了解我们成长的氛围，然后才能更加读懂，你的诗意……

田　华

2013. 8. 26 于北京

田华：创作歌手，音乐制作人，爱心行动发起人，代表作《洛阳牡丹》（词曲唱）、《搁浅》（词曲/制作人，演唱：张杰）、《痛》（词曲唱，陆川导演十二星座微电影之《北北北北》主题歌）、电影《潘多拉的宝剑》（作曲）、电影《不是闹着玩的》（主题歌词曲唱）等。